「艾咪學妹，
地給對手一點顏色瞧瞧吧！」
「遵命，小久學姊！
一起使出渾身解數創下佳績吧！」
英美・艾米莉雅・格爾迪・明智
就讀於二年B班，隔代混血兒。平常被稱為「艾咪」。名門格爾迪家的子女。
國東久美子
就讀三年B班，在九校戰新競賽項目「操舵射擊」和艾咪搭檔的選手。個性莫名直率。
The irregular at magic high school
Shotgun!

「下一場比賽絕對要贏！」
「目標是優勝。」
千代田花音
三年級學生。九校戰競賽項目──「冰柱攻防」雙人賽代表選手。已經和五十里啟訂婚。
北山 雫
就讀二年A班，情緒起伏鮮少展露於言表的少女。在「冰柱攻防」和花音搭檔。
The irregular at magic high school
我自己就做得到了

「沒問題的。今天的對手都是小角色。
重頭戲在明天和一高的戰鬥。」
「文彌，終於要正式上場了。」
黑羽文彌
曾經是四葉家當家候選人，第四高中的學生。雖然是優秀的魔法師，進行作戰時卻不知為何被迫男扮女裝。
黑羽亞夜子
達也與深雪的從表妹。和弟弟文彌是雙胞胎。遵照黑羽家的某個指令參加九校戰。
The irregular at magic high school
搶眼大作戰

千葉艾莉卡
就讀二年F班的二科生，達也的朋友。可愛的闖禍大王。劍道高手。
「雷歐，你還活著嗎？」
西城雷歐赫特
就讀二年F班的二科生，達也的朋友。擅長硬化魔法，個性開朗。
「妳看就知道了吧？」

「我們改良型比較優秀，
我們現在就證明給你看！」
The irregular
at magic high school
玫瑰的誘惑

九校戰新規定

●參賽人數：正規賽男女各十二名，新人賽男女各九名。

▪冰柱攻防	三名（單人一名、雙人二名），新人賽只有雙人賽。
▪操舵射擊	三名（單人一名、雙人二名），新人賽只有雙人賽。
▪堅盾對壘	三名（單人一名、雙人二名），新人賽只有雙人賽。
▪幻境摘星	三名（個人賽）。
▪祕碑解碼	三名（團體賽）。
▪越野障礙賽跑	二年級以上的選手皆可參賽。

至今規定每人能夠報名兩項競賽，
但今年限制只能報名越野障礙賽跑加上另外五項競賽之一。

●競賽方法

▪冰柱攻防 ▪堅盾對壘	單雙打皆為一組三隊進行循環預賽， 各組第一名共三隊進行循環決賽。
▪操舵射擊	比較各選手與隊伍成績的計時賽。 只能挑戰一次，可預先練習航行一次。
▪幻境摘星	以兩座會場進行六場預賽，每場預賽分成五人一組或四人一組（組別以抽籤決定）。各組第一名共六人進行決賽。
▪祕碑解碼	採用單循環賽制度。每場比賽時間限制一小時。 兩隊平手就都算戰敗。
▪越野障礙賽跑	男女分開舉行，各校十二人共一〇八人同時比賽。

新競賽項目「操舵射擊」詳細說明

必須在小船上破壞水道設置的標靶，並且盡快抵達終點。雙人賽是一人駕船、一人打靶，單人賽則是獨自包辦。標靶設置在水道兩側與選手上方，水面也有四竄的迷你船標靶。

不是複數選手（搭檔）同時上場競賽，純粹是每人（每組）分別上場的計時賽。

為了消除上場順序造成的優勢與劣勢，第一輪是練習，第二輪才是正式賽程。

測得抵達終點的時間之後，再將破壞標靶的數量換算成時間扣除，總計時間最短的隊伍獲勝。每個標靶換算時間的公式是「最快抵達終點的隊伍秒數／破壞最多標靶的隊伍打靶數」。換句話說，如果最快抵達終點的隊伍也破壞最多標靶，總計時間就是零。

沒有預賽，只以一次航行決勝負。但是為了消除標靶位置或上場順序造成的優勢與劣勢，各選手（搭檔）有一次練習航行的機會。

小船沒有大小或形狀限制，只要無動力且放得進水道就好。重視速度收窄船身會不利於射擊，重視射擊確保穩定性則會拖慢速度。

The irregular at magic high school

Contents

魔法科高中的劣等生SS

The irregular at magic high school

背負某項缺陷的劣等生哥哥。
一切完美無瑕的優等生妹妹。
這對兄妹就讀魔法科高中之後，

風波不斷的每一天就此揭開序幕——

佐島 勤
Tsutomu Sato
illustration
石田可奈
Kana Ishida

Kadokawa Fantastic Novels

Character
登場角色介紹

吉田幹比古

就讀於二年B班。今年起成為一科生。
出自古式魔法的名門。
從小就認識艾莉卡。

司波達也

就讀於二年E班。
進入新設立的魔工科
達觀一切。
妹妹深雪的「守護者」。

司波深雪

就讀於二年A班。達也的妹妹。
去年以首席成績入學的優等生。
擅長冷卻魔法。溺愛哥哥。

光井穗香

就讀於二年A班，深雪的同班同學。
擅長光波振動系魔法。
一旦擅自認定後就頗為一意孤行。

西城雷歐赫特

就讀於二年F班，達也的朋友。
二科生。擅長硬化魔法。
個性開朗。

北山 雫

就讀於二年A班，深雪的同班同學。
擅長振動與加速系魔法。
情緒起伏鮮少展露於言表。

千葉艾莉卡

就讀於二年F班，達也的朋友。
二科生。可愛的闖禍大王。

柴田美月

就讀於二年E班。
今年也和達也同班。
罹患靈子放射光過敏症。
有點少根筋的認真少女。

里美 昴

就讀於二年D班。
宛如美少年的少女。
個性開朗隨和。

英美・艾米莉雅・格爾迪・明智

就讀於二年B班，
隔代混血兒。
平常被稱為「艾咪」。
名門格爾迪家的子女。

櫻小路紅葉

就讀於二年B班，
昴與艾咪的朋友。
便服是哥德蘿莉風格。
喜歡主題樂園。

森崎 駿

就讀於二年A班，
深雪的同班同學。
擅長高速操作CAD。
身為一科生的自尊強烈。

十三束 鋼

就讀於二年E班。
別名「Range Zero」（射程距離零）。
「魔法格鬥武術」的高手。

七草真由美

畢業生。現在是魔法大學學生。
擁有令異性著迷的
小惡魔個性，
卻不擅長應付他人攻勢。

中条 梓

三年級。前任學生會會長。
生性膽小，個性畏首畏尾。

市原鈴音

畢業生。現在是魔法大學學生。
冷靜沉著的智慧型人物。

服部刑部少丞範藏

三年級。前任社團聯盟總長。
雖然優秀，卻有著過於正經的一面。

渡邊摩利

畢業生。真由美的好友。
各方面傾向好戰。

十文字克人

畢業生。現在升學至魔法大學。
達也形容為「如同巨巖般的人物」。

辰巳鋼太郎

畢業生。前任風紀委員。
個性豪爽。

關本 勳

畢業生。前任風紀委員。
論文競賽校內審查第二名。
犯下間諜行為。

澤木 碧

三年級。風紀委員。
對女性化的名字耿耿於懷。

桐原武明

三年級。劍術社成員。
關東劍術大賽
國中組冠軍。

五十里 啟

三年級。前任學生會會計。
魔法理論成績優秀。
千代田花音的未婚夫。

壬生紗耶香

三年級。劍道社成員。
劍道大賽國中女子組
全國亞軍。

千代田花音

三年級。前任風紀委員長。
和學姊摩利一樣好戰。

七草香澄

今年就讀
魔法科高中的「新生」。
七草真由美的妹妹，
泉美的雙胞胎姊姊。
個性活潑開朗。

七寶琢磨

擔任今年「新生」總代表的學生。
一科生。有力的魔法師家系
「師補十八家」之一
「七寶家」的長子。

七草泉美

今年就讀
魔法科高中的「新生」。
七草真由美的妹妹，
香澄的雙胞胎妹妹。
個性成熟穩重。

櫻井水波

今年就讀魔法科高中的「新生」。
立場是達也與深雪的表妹。
深雪的守護者候選人。

隅守賢人

就讀於一年G班的白種人少年。
父母從USNA歸化日本。

安宿怜美

第一高中保健醫生。
穩重溫柔的笑容
大受男學生歡迎。

平河小春

畢業生。在去年以工程師身分
參加九校戰。
主動放棄參加論文競賽。

甘樂計夫

第一高中教師。
擅長魔法幾何學。
論文競賽的負責人。

平河千秋

就讀於二年E班。
敵視達也。

珍妮佛・史密斯

歸化日本的白種人。達也的班級
與魔法工學課程的指導教師。

千倉朝子

三年級。九校戰新項目
「堅盾對壘」的女子單人賽選手。

小野 遙

第一高中的
綜合輔導老師。
生性容易被欺負，
卻有不為人知的另一面。

五十嵐亞實

畢業生。兩項競賽社前任社長。

五十嵐鷹輔

二年級。亞實的弟弟。
個性有些懦弱。

九重八雲

擅長古式魔法「忍術」。
達也的體術老師。

三七上凱利

三年級。九校戰「祕碑解碼」
正規賽的男生選手。

國東久美子

就讀三年B班，在九校戰
新競賽項目「操舵射擊」
和艾咪搭檔的選手。
個性莫名直率。

一条將輝

第三高中的二年級學生。
今年也參加九校戰。
「十師族」一条家的
下任當家。

一条剛毅

將輝的父親。
十師族一条家現任當家。

一条美登里

將輝的母親。
個性溫和，廚藝高明。

吉祥寺真紅郎

第三高中的二年級學生。
今年也參加九校戰。
以「始源喬治」的
別名眾所皆知。

一条 茜

一条家長女，將輝的妹妹。
今年就讀當地的名門私立中學。
心儀真紅郎。

北山 潮

雫的父親。企業界的大人物。
商業假名是北方潮。

一条瑠璃

一条家二女，將輝的妹妹。
我行我素，行事可靠。

北山紅音

雫的母親。曾以振動系魔法
聞名的A級魔法師。

北山 航

雫的弟弟。小學六年級。
非常仰慕姊姊。
目標是成為魔工技師。

鳴瀨晴海

雫的表哥。國立魔法大學
附設第四高中的學生。

琵庫希

魔法科高中擁有的家事輔助機器人。
正式名稱是3H（Humanoid Home Helper：
人型家事輔助機械）P94型。

牛山

FLT的CAD開發第三課主任。
受到達也的信任。

千葉壽和

千葉艾莉卡的大哥。
警察省國家公務員。
乍看之下像是
遊手好閒的人。

恩斯特・羅瑟

首屈一指的CAD製作公司
羅瑟魔工所日本分公司社長。

千葉修次

千葉艾莉卡的二哥。
摩利的男友。
具備千刃流劍術
免許皆傳資格。
別名「千葉的麒麟兒」。

九島 烈

被譽為世界最強
魔法師之一的人物。
眾人尊稱為「宗師」。

稻垣

警察省的巡查部長。
千葉壽和的部下。

九島真言

日本魔法界長老九島烈的兒子，
九島家現任當家。

安娜・羅瑟・鹿取

艾莉卡的母親。日德混血兒，
曾是艾莉卡的父親——
千葉家當家的「小妾」。

九島光宣

真言的兒子。
雖是國立魔法大學附設
第二高中的一年級學生，
但因為經常生病幾乎沒上學。
和藤林響子是同母異父的姊弟。

九鬼 鎮

服從九島家的師補十八家之一。
尊稱九島烈為「老師」。

小和村真紀

實力足以在著名電影獎
入圍最佳女主角的女星。
不只是美貌，演技也得到認同。

周公瑾

安排大亞聯盟的呂與陳
來到橫濱的俊美青年。
在中華街活動的神祕人物。

陳祥山

大亞聯軍
特殊作戰部隊隊長。
為人心狠手辣。

呂剛虎

大亞聯軍特殊作戰部隊的
王牌魔法師。
別名「食人虎」。

鈴

森崎拯救的少女。
全名是「孫美鈴」。
香港國際犯罪組織
「無頭龍」的新領袖。

風間玄信

陸軍101旅
獨立魔裝大隊隊長。
階級為中校。

真田繁留

陸軍101旅
獨立魔裝大隊幹部。
階級為少校。

藤林響子

擔任風間副官的
女性軍官。階級為中尉。

佐伯廣海

國防陸軍101旅旅長。階級為少將。
獨立魔裝大隊隊長風間玄信的長官。
外貌使她擁有「銀狐」的別名。

柳 連

陸軍101旅
獨立魔裝大隊幹部。
階級為少校。

山中幸典

陸軍101旅獨立魔裝大隊幹部。
少校軍醫，一級治癒魔法師。

酒井

國防陸軍總司令部軍官，階級為上校。
被視為反大亞聯盟的強硬派。

四葉真夜

達也與深雪的姨母。
深夜的雙胞胎妹妹。
四葉家現任當家。

司波深夜

達也與深雪的母親。已故。
唯一擅長精神構造干涉魔法的魔法師。

葉山

服侍真夜的高齡管家。

櫻井穗波

深夜的「守護者」。已故。
受到基因操作，強化魔法天分而成的調整體魔法師「櫻」系列第一代。

新發田勝成

原為四葉家下任當家候選人之一。為防衛省職員，第五高中的校友。
擅長聚合系魔法。

司波小百合

達也與深雪的後母。
厭惡兩人。

堤 琴鳴

新發田勝成的守護者。
調整體「樂師系列」的第二代。
對於聲音相關魔法擁有相當高的素質。

津久葉夕歌

原為四葉家下任當家候選人之一。
曾擔任第一高中學生會副會長。
現在是魔法大學四年級學生，
擅長精神干涉系魔法。

堤 奏太

新發田勝成的守護者。
調整體「樂師系列」的第二代。為琴鳴的弟弟，
和她一樣對於聲音相關魔法擁有相當高的素質。

吉見

四葉的魔法師，黑羽家的親戚。
是一名接觸感應能力者，
可讀取人體所殘留的想子情報體痕跡。
極度的祕密主義。

安潔莉娜・庫都・希爾茲

USNA魔法師部隊「STARS」的總隊長。
階級是少校。暱稱是莉娜。
也是戰略級魔法師「十三使徒」之一。

瓦吉妮雅・巴藍斯

USNA統合參謀總部情報部內部監察局第一副局長。
階級是上校。來到日本支援莉娜。

希兒薇雅・瑪裘利・法斯特

USNA魔法師部隊「STARS」的行星級魔法師。階級是准尉。
暱稱是希兒薇，姓氏來自軍用代號「第一水星」。
在日本執行作戰時，擔任希利鄔斯少校的輔佐。

班哲明・卡諾普斯

USNA魔法師部隊「STARS」的第二把交椅。
階級是少校。希利鄔斯少校不在時的
代理總隊長。

米卡艾拉・弘格

USNA派到日本的間諜
（正職是國防總署的魔法研究人員）。
暱稱是米亞。

克蕾雅

獵人Q——沒能成為「STARS」的
魔法師部隊「STARDUST」的女兵。
Q意味著追蹤部隊的第17順位。

瑞琪兒

獵人R——沒能成為「STARS」的
魔法師部隊「STARDUST」的女兵。
R意味著追蹤部隊的第18順位。

亞弗列德・佛瑪浩特

USNA魔法師部隊「STARS」的一等星魔法師。
階級是中尉。暱稱是弗列迪。
逃離STARS。

查爾斯・沙立文

USNA魔法師部隊「STARS」的衛星級魔法師。
別名「第二魔星」。
逃離STARS。

上野

以東京為地盤的執政黨年輕政治家。
眾所皆知的親近魔法師的議員。

神田

隸屬於民權黨的年輕政治家。
對於國防軍採取批判態度的人權派。
也是反魔法主義者。

雷蒙德・S・克拉克

雫留學的USNA柏克萊某高中的同學。
是名動不動就主動和雫示好的白人少年。
真實身分是「七賢人」之一。

顧傑

「七賢人」之一。別名紀德・黑顧，
大漢軍方術士部隊的倖存者。

黑羽 貢

司波深夜、四葉真夜的表弟。
亞夜子、文彌的父親。

近江圓磨

熟悉「反魂術」的魔法研究家，
別名「人偶師」的古式魔法師。
據說可以使用禁忌的魔法
將屍體化為傀儡。

黑羽亞夜子

達也與深雪的從表妹。
和弟弟文彌是雙胞胎。
第四高中的學生。

喬・杜

協助黑顧逃走的神祕男性。
能力出色，即使是要躲避
十師族魔法師們追捕的
困難工作也能俐落完成。

黑羽文彌

四葉下任當家候選人。
達也與深雪的從表弟。
和姊姊亞夜子是雙胞胎。
第四高中的學生。

七草弘一

真由美的父親，七草家當家。
也是超一流的魔法師。

名倉三郎

受僱於七草家的強力魔法師。
主要擔任真由美的貼身護衛。

二木舞衣

十師族「二木家」當家。住在兵庫縣蘆屋。
表面職業是數間化學工業、食品工業公司的大股東。
負責監護阪神與中國地區。

三矢元

十師族「三矢家」當家。住在神奈川縣厚木。
表面職業（不太確定是否能這麼形容）
是跨國的小型兵器掮客。
負責運用至今依然在運作的第三研。

五輪勇海

十師族「五輪家」當家。住在愛媛縣宇和島。
表面職業是海運公司的重鎮，實質上的老闆。
負責監護四國地區。

六塚溫子

十師族「六塚家」當家。住在宮城縣仙台。
表面職業是地熱發電所挖掘公司的實質老闆。
負責監護東北地區。

八代雷藏

十師族「八代家」當家。住在福岡縣。
表面職業是大學講師以及數間通訊公司的大股東。
負責監護沖繩以外的九州地區。

十文字和樹

十師族「十文字家」當家。住在東京都。
表面職業是做國防軍生意的土木建設公司老闆。
和七草家一起負責監護包含伊豆的關東地區。

東道青波

八雲稱他為「青波高僧閣下」。
如同僧侶般剃髮的老翁，但真實身分不明。
依照八雲的說法是四葉家的贊助者。

部分插圖協助／魔法科高中製作委員會

Glossary
用語解說

魔法科高中

國立魔法大學附設高中的通稱，全國總共設立九所學校。
其中的第一至第三高中，每學年招收兩百名學生，
並且分為一科生與二科生。

花冠、雜草

第一高中用來形容一科生與二科生階級差異的隱語。
一科生制服的左胸口繡著以八枚花瓣組成的徽章，
不過二科生制服沒有。

一科生的徽章

CAD

簡化魔法發動程序的裝置，
內部儲存使用魔法所需的程式。
分成特化型與泛用型，外型也是各有不同。

司波達也的CAD

Four Leaves Technology〔FLT〕

國內一家CAD製造公司。
原本該公司製造的魔法工學零件比成品有名，
但在開發「銀式」之後，
搖身一變成為知名的CAD製造公司。

司波深雪的CAD

托拉斯・西爾弗

短短一年就讓特化型CAD的軟體技術進步十年，
而為人所稱頌的天才技師。

Eidos〔個別情報體〕

原為希臘哲學用語。在現代魔法學，個別情報體指的是
「伴隨事物現象而來的情報」，是「事象」曾經存在於
「世界」的記錄，也可以說是「事象」留在「世界」的足跡。
依照現代魔法學的定義，「魔法」就是修改個別情報體，
藉以改寫個別情報體所代表的「事象」的技術。

Idea〔情報體次元〕

原為希臘哲學用語。在現代魔法學，情報體次元指的是「用來記錄個別情報體的平台」。
魔法的原始形態，就是將魔法式輸入這個名為「情報體次元」的平台，
改寫平台裡「個別情報體」的技術。

啟動式

為魔法的設計圖，用來構築魔法的程式。
啟動式的資料檔案，是以壓縮形式儲存在CAD，魔法師輸入想子波展開程式之後，
啟動式會依照資料內容轉換為訊號，並且回傳給魔法師。

想子

位於靈異現象次元的非物質粒子，記錄認知與思考結果的情報元素。
成為現代魔法理論基礎的「個別情報體」，成為現代魔法骨幹的「啟動式」和
「魔法式」技術，都是由想子建構而成。

靈子

位於靈異現象次元的非物質粒子。雖然已經確認其存在，但是形態與功能尚未解析成功。
一般的魔法師，頂多只能「感覺到」活化狀態的靈子。

魔法師

「魔法技能師」的簡稱。能將魔法施展到實用等級的人，統稱為魔法技能師。

魔法式

用來暫時改變伴隨事物現象而來的情報之情報體。由魔法師持有的想子構築而成。

魔法演算領域

構築魔法式的精神領域，也就是魔法資質的主體。該處位於魔法師的潛意識領域，魔法師平常可以意識到魔法演算領域並且使用，卻無法意識到內部的處理過程。對魔法師本人來說，魔法演算領域也堪稱是個黑盒子。

魔法式的輸出程序

❶從CAD接收啟動式，這個步驟稱為「讀取啟動式」。
❷在啟動式加入變數，送入魔法演算領域。
❸依照啟動式與變數構築魔法式。
❹將構築完成的魔法式，傳送到潛意識領域最上層暨意識領域最底層的「基幹」，從意識與潛意識之間的「閘門」輸出到情報體次元。
❺輸出到情報體次元的魔法式，會干涉指定座標的個別情報體進行改寫。

「實用等級」魔法師的標準，是在施展單一系統暨單一工序的魔法時，於半秒內完成這些程序。

魔法的評價基準（魔法力）

構築想子情報體的速度是魔法的處理能力、
構築情報體的規模上限是魔法的容納能力、
魔法式改寫個別情報體的強度是魔法的干涉能力，
這三項能力總稱為魔法力。

始源碼假說

主張「加速、加重、移動、振動、聚合、發散、吸收、釋放」四大系統八大種類的魔法，各自擁有正向與負向共計十六種基礎魔法式，以這十六種魔法式搭配組合，就能構築所有系統魔法的理論。

系統魔法

歸類為四大系統八大種類的魔法。

系統外魔法

並非操作物質現象，而是操作精神現象的魔法統稱。
從使喚靈異存在的神靈魔法、精靈魔法，或是讀心、靈魂出竅、意識操控等，包括的種類琳琅滿目。

十師族

日本最強的魔法師集團。一条、一之倉、一色、二木、二階堂、二瓶、三矢、三日月、四葉、五輪、五頭、五味、六塚、六角、六鄉、六本木、七草、七寶、七夕、七瀨、八代、八朔、八幡、九島、九鬼、九頭見、十文字、十山共二十八個家系，每四年召開一次「十師族甄選會議」，選出的十個家系就稱為「十師族」。

含數家系

如同「十師族」的姓氏有一到十的數字，「百家」之中的主流家系姓氏也有十一以上的數字，例如「『千』代田」、「『五十』里」、「『千』葉」家。
數字大小不代表實力強弱，但姓氏有數字就代表血統純正，可以作為推測魔法師實力的依據之一。

失數家系

亦被簡稱「失數」，是「數字」遭受剝奪的魔法師族群。
昔日魔法師被視為兵器暨實驗樣本的時候，評定為「成功案例」得到數字姓氏的魔法師，要是沒有立下「成功案例」應有的成績，就得接受這樣的烙印。

各式各樣的魔法

● 悲嘆冥河

凍結精神的系統外魔法。凍結的精神無法命令肉體死亡，
中了這個魔法的對象，肉體將會隨著精神的「靜止」而停止、僵硬。
依照觀測，精神與肉體的相互作用，也可能導致部分肉體結晶化。

● 地鳴

以獨立情報體「精靈」為媒介振動地面的古式魔法。

● 術式解散

把建構魔法的魔法式，分解為構造無意義的想子粒子群的魔法。
魔法式作用於伴隨事象而來的情報體，基於這種性質，魔法式的情報結構一定會曝光，無法防止外力進行干涉。

● 術式解體

將想子粒子群壓縮成塊，不經由情報體次元直接射向目標物引爆，摧毀目標物的啟動式或魔法式這種紀錄魔法的想子情報體，屬於無系統魔法。
即使歸類為魔法，但只是一種想子砲彈，結構不包含改變事象的魔法式，因此不受情報強化或領域干涉的影響。此外，砲彈本身的壓力也足以反彈演算干擾的影響。由於完全沒有物理作用力，任何障礙物都無法防堵。

● 地雷原

泥土、岩石、砂子、水泥，不拘任何材質，
總之只要是具備「地面」概念的固體，就能施以強力振動的魔法。

● 地裂

由獨立情報體「精靈」為媒介，以線形壓潰地面，
使地面乍看之下彷彿裂開的魔法。

● 乾冰雹暴

聚集空氣中的二氧化碳製作成乾冰粒，
將凍結過程剩餘的熱能轉換為動能，高速射出乾冰粒的魔法。

● 迅襲雷蛇

在「乾冰雹暴」製造乾冰顆粒時，凝結乾冰氣化產生的水蒸氣，
溶入二氧化碳氣體使其形成高導電霧，再以振動系與釋放系魔法產生摩擦靜電。以溶入碳酸的水霧或水滴為導線，朝對方施展電擊的組合魔法。

● 冰霧神域

振動減速系廣域魔法。冷卻大容積的空氣並操縱其移動，
造成廣範圍的凍結效果。
簡單來說，就像是製造超大冰箱一樣。
發動時產生的白霧，是在空中凍結的冰或乾冰。
但要是提升層級，有時也會混入凝結為液態氮的霧。

● 爆裂

將目標物內部液體氣化的發散系魔法。
如果是生物就是體液氣化導致身體破裂，
如果是以內燃機為動力的機械就是燃料氣化爆炸。
燃料電池也不例外。即使沒有搭載可燃的燃料，無論是電池液、油壓液、冷卻液或潤滑液，世間沒有機械不搭載任何液體，因此只要「爆裂」發動，幾乎所有機械都會毀損而停止運作。

● 亂髮

不是指定角度改變風向，而是為了造成「絆腳」的含糊結果操作氣流，以極接近地面的氣流促使草葉纏住對方雙腳的古式魔法。只能在草長得夠高的原野使用。

魔法劍

使用魔法的戰鬥方式，除了以魔法本身為武器作戰，還有以魔法強化、操作武器的技術。
以魔法配合槍、弓箭等射擊武器的術式為主流，不過在日本，劍技與魔法組合而成的「劍術」也很發達。
現代魔法與古式魔法兩種領域，都開發出堪稱「魔法劍」的專用魔法。

1.高頻刃

高速振動刀身，接觸物體時傳導超越分子結合力的振動，將固體局部液化之後斬斷的魔法。和防止刀身自我毀壞的術式配套使用。

2.壓斬

使劍尖朝揮砍方向的水平兩側產生排斥力，將劍刃接觸的物體像是左右推壓般割斷的魔法。排斥力場細得未滿一公釐，強度卻足以影響光波，因此從正面看劍尖是一條黑線。

3.童子斬

被視為源氏秘劍而相傳至今的古式魔法。遙控兩把刀再加上手上的刀，以三把刀包圍對手並同時砍下的魔法劍技。以同音的「童子斬」隱藏原本「同時斬」的意義。

4.斬鐵

千葉一門的秘劍。不是將刀視為鋼塊或鐵塊，而是定義為「刀」這種單一概念，依循魔法式所設定的刀路而動的移動系統魔法。被定義為單一概念的「刀」如同單分子結晶之刃，不會折斷、彎曲或缺角，將會沿著刀路劈開所有物體。

5.迅雷斬鐵

以專用武裝演算裝置「雷丸」施展的「斬鐵」進化型。將刀與劍士定義為單一集合概念，因此從接觸敵人到出招的一連串動作，都能毫無誤差地高速執行。

6.山怒濤

以全長一八〇公分的大型專用武器「大蛇丸」所施展的千葉一門的秘劍。將己身與刀的慣性減低到極限並高速接近對手，在交鋒瞬間將至今消除的慣性疊加，提升刀身慣性後砍向對方。這股偽造的慣性質量和助跑距離成正比，最高可達十噸。

7.薄翼蜻蜓

將奈米碳管編織為厚度十億分之五公尺的極致薄膜，再以硬化魔法固定為全平面而化為刀刃的魔法。薄翼蜻蜓製成的刀身比任何刀劍或剃刀都要銳利，但術式不支援揮刀動作，因此術士必須具備足夠的刀劍造詣與臂力。

魔法技能師開發研究所

西元二〇三〇年代，日本政府因應第三次世界大戰當前而緊張化的國際情勢，接連設立開發魔法師的研究所。研究目的不是開發魔法，始終是開發魔法師，為了製造出最適合使用所需魔法的魔法師，基因改造也在研究範圍。

魔法技能師開發研究所設立了第一至第十共十所，至今依然有五所運作中。

各研究所的細節如下所述：

魔法技能師開發第一研究所

二〇三一年設立於金澤市，現在已關閉。

開發主題是進行對人戰鬥時直接干涉生物體的魔法。氣化魔法「爆裂」是衍生形態之一。不過，操作人體動作的魔法可能會引發傀儡攻擊（操作他人進行的自殺式恐怖攻擊），因此禁止研發。

魔法技能師開發第二研究所

二〇三一年設立於淡路島，運作中。

和第一研的主題成對，開發的魔法是干涉無機物的魔法。尤其是關於氧化還原反應的吸收系魔法。

魔法技能師開發第三研究所

二〇三二年設立於厚木市，運作中。

目的是開發出能獨力應付各種狀況的魔法師，致力於多重演算的研究。尤其竭力實驗測試可以同時發動、連續發動的魔法數量極限，開發可以同時發動複數魔法的魔法師。

魔法技能師開發第四研究所

詳情不明，推測位於前東京都與前山梨縣的界線附近，設立時間則估計是二〇三三年。現在宣稱已經關閉，而實際狀況也不明。只有前第四研不是由政府，是對國家具備強大影響力的贊助者設立。傳聞現在該研究所從國家獨立出來，接受贊助者的支援繼續運作，也傳聞該贊助者實際上從二〇二〇年代之前就經營著該研究所。

據說其研究目標是試圖利用精神干涉魔法，強化「魔法」這種特異能力的源泉，也就是魔法師潛意識領域的魔法演算領域。

魔法技能師開發第五研究所

二〇三五年設立於四國的宇和島市，運作中。

研究的是干涉物質形狀的魔法。主流研究是技術難度較低的流體控制，但也成功研究出干涉固體形狀的魔法。其成果就是和USNA共同開發的「巴哈姆特」。加上流體干涉魔法「深淵」，該研究所開發出兩個戰略級魔法，是國際聞名的魔法研究機構。

魔法技能師開發第六研究所

二〇三五年設立於仙台市，運作中。

研究如何以魔法控制熱量。和第八研同樣偏向是基礎研究機構，相對的缺乏軍事色彩。不過除了第四研，據說在魔法技能師開發研究所之中，第六研進行基因改造實驗的次數最多（第四研實際狀況不明）。

魔法技能師開發第七研究所

二〇三六年設立於東京，現在已關閉。

主要開發反集團戰鬥用的魔法，群體控制魔法為其成果。第六研的軍事色彩不強，促使第七研成為兼任戰時首都防衛工作的魔法師開發研究設施。

魔法技能師開發第八研究所

二〇三七年設立於北九州市，運作中。

研究如何以魔法操作重力、電磁力與各種強弱不同的交互作用力。基礎研究機構的色彩比第六研更濃厚，但是和國防軍關係密切，這一點和第六研不同。部分原因在於第八研的研究內容很容易連結到核武開發，在國防軍的保證之下，才免於被質疑暗中開發核武。

魔法技能師開發第九研究所

二〇三七年設立於奈良市，現在已關閉。

研究如何將現代魔法與古式魔法融合，試圖藉由讓現代魔法吸收古式魔法的相關知識，解決現代魔法不擅長的各種課題（例如模糊不明確的術式操作）。

魔法技能師開發第十研究所

二〇三九年設立於東京，現在已關閉。

和第七研同樣兼具防衛首都的目的，研究如何在空間產生虛擬結構物的領域魔法，作為遭遇高火力攻擊的防禦手段。各式各樣的反物理護壁魔法為其成果。

此外，第十研試圖使用不同於第四研的手段激發魔法能力。具體來說，他們致力開發的魔法師並非強化魔法演算領域本身，而是能讓魔法演算領域暫時超頻，因應需求使用強力的魔法。但是成功與否並未公開。

除了上述十間研究所，開發元素家系的研究所從二〇一〇年代運作到二〇二〇年代，但現今全部關閉。此外，國防軍在二〇〇二年設立直屬於陸軍總司令部的秘密研究機構，至今依然獨自進行研究。九島烈加入第九研之前，都在這個研究機構接受強化處置。

戰略級魔法師——十三使徒

現代魔法是在高度科技之中培育而成，因此能開發強力軍事魔法的國家有限，導致只有少數國家能開發匹敵大規模破壞兵器的戰略級魔法。

不過，開發成功的魔法會提供給同盟國，高度適合使用戰略級魔法的同盟國魔法師，也可能被認證為戰略級魔法師。

在2095年4月，各國認定適合使用戰略級魔法，並且對外公開身分的魔法師共十三名。他們被稱為「十三使徒」，公認是世界軍事平衡的重要因素。

十三使徒的國籍、姓名與戰略級魔法名稱如下所述：

USNA

安吉．希利鄔斯：「重金屬爆散」
艾里歐特．米勒：「利維坦」
羅蘭．巴特：「利維坦」
※其中只有安吉．希利鄔斯任職於STARS。艾里歐特．米勒位於阿拉斯加基地，羅蘭．巴特位於國外的直布羅陀基地，兩人基本上不會出動。

新蘇維埃聯邦

伊果．安德烈維齊．貝佐布拉佐夫：
「水霧炸彈」
列昂尼德．肯德拉切科：
「大地紅軍」
※肯德拉切科年事已高，基本上不會離開黑海基地。

大亞細亞聯盟

劉雲德：「霹靂塔」
※劉雲德已於2095年10月31日的對日戰鬥中戰死。

印度、波斯聯邦

巴拉特．錢德勒．坎恩：
「神焰沉爆」

日本

五輪 澪：「深淵」

巴西

米吉爾．迪亞斯：「同步線性融合」
※魔法式為USNA提供。

英國

威廉．馬克羅德：「臭氧循環」

德國

卡拉．施米特：「臭氧循環」
※臭氧循環的原型，是分裂前的歐盟因應臭氧層破洞而共同研發的魔法。後來由英國完成，依照協定向前歐盟各國公開魔法式。

土耳其

阿里．夏亨：「巴哈姆特」
※魔法式為USNA與日本所共同開發完成，由日本主導提供。

泰國

梭姆．查伊．班納克：「神焰沉爆」
※魔法式為印度、波斯聯邦提供。

The International Situation

2096年現在的世界情勢

以全球寒冷化為直接契機的第三次世界大戰——二十年世界連續戰爭大幅改寫了世界地圖。世界現狀如下所述：

USA合併加拿大以及墨西哥到巴拿馬等各國，組成北美利堅大陸合眾國（USNA）。

俄羅斯再度吸收烏克蘭與白俄羅斯，組成新蘇維埃聯邦（新蘇聯）。

中國征服緬甸北部、越南北部、寮國北部以及朝鮮半島，組成大亞細亞聯盟（大亞聯盟）。

印度與伊朗併吞中亞各國（土庫曼、烏茲別克、塔吉克、阿富汗）以及南亞各國（巴基斯坦、尼泊爾、不丹、孟加拉、斯里蘭卡），組成印度、波斯聯邦。

亞洲阿拉伯其餘國家，分區締結軍事同盟，對抗新蘇聯、大亞聯盟以及印度、波斯聯邦三大國。

澳洲選擇實質鎖國。

歐洲整合失敗，以德國與法國為界分裂為東西兩側。東歐與西歐也沒能各自整合為單一國家，團結力甚至不如戰前。

非洲各國半數完全消滅，倖存的國家也只能勉強維持都市周邊的統治權。

南美除了巴西，都處於地方政府各自為政的小國分立狀態。

The irregular at magic high school

二〇九六年七月二日，傳來了一個震撼第一高中學生會的消息。是九校戰——「全國魔法科高中親善魔法競技大會」競賽項目大幅變更的通知。本屆採用了對於選手來說風險較高，軍事色彩強烈的競賽項目，這是魔法師活躍的橫濱事變造成的影響。

然而在檯面下，卻有與魔法兵器研發相關的陰謀正在進行。從神祕電子郵件得知這件事的達也，經過調查得知了兩件事。其一是利用寄生物的禁忌人型兵器「寄生人偶」，其二是以九校戰新項目「越野障礙賽跑」為舞台的寄生人偶運用試驗計畫。

這項試驗計畫以參加「越野障礙賽跑」的魔法科高中生當成新兵器的白老鼠，是危險又不人道的試驗計畫。達也一邊以第一高中技術人員的身分參加九校戰，一邊採取行動阻止這項計畫。

在各種鬼胎與陰謀交錯之中，達也在舉辦「越野障礙賽跑」的富士人工樹海和十六具寄生人偶對決，即使數度負傷，依然悉數打倒。

然而，二〇九六年八月在富士山麓展開的戰鬥並非只有這場。在謀略與鬥爭的檯面上，魔法科高中生們今年也為了奪得九校戰優勝的榮冠，進行著運用魔法的激戰。而且，除此之外也存在著其他爭戰……

以下為各位介紹魔法科高中生們戰鬥記錄的片段。

The irregular at magic high school

龍神的俘虜

【二〇九六年八月十三日】

二〇九六年度九校戰，第九天的夜晚。第一高中的晚餐會場籠罩著意氣風發的氣息，和到前天為止洋溢著緊張感的氣氛截然不同。

「光井學妹，恭喜奪冠。」

「里美學妹也是亞軍，真厲害。」

「一點都沒錯。居然包辦前兩名，根本重現了去年新人賽的情況耶！」

穗香與昴在三年級女生的環繞之下，接受熱烈的祝賀。

「中条同學也辛苦了。真是了不起。活用了里美學妹專長的調校真是漂亮。」

「五十里同學，謝謝。不過最後還是輸給司波學弟了。」

「都同隊的，沒關係吧？何況『他』有點與眾不同。」

梓接受五十里與花音的祝賀與鼓勵。

「司波，辛苦了。」

「技術還是一樣高超啊。」

服部以不太自然的態度慰勞達也，一旁桐原掛著（應該是朋友立場的）笑容稱讚達也。

不只是女子組的當事人，各餐桌幾乎都熱烈討論今天的比賽。考量到背後的原因，場中會散發出些許歡樂氣息也是在所難免。

九校戰第四天結束時，第一高中的成績是三百九十分，排名第二名，和第一名的第三高中相差六十分。

而昨天，第一高中的成績是五百七十五分，第三高中是五百八十分。

然後今天，大會第九天結束時，相對於第三高中的六百分，第一高中的成績是六百五十五分。從大會第二天就屈居下風的第一高中，終於超越第三高中站上頂點。

賽前分析就預測「最強世代」畢業的第一高中可能陷入苦戰。實際上他們也一直面臨艱困的戰鬥。現在會稍微處於亢奮狀態或許也是理所當然。

「服部，現在放心還太早了，因為我們明天才是重頭戲。」

三年級的三七上凱利從服部身後搭話。坐在服部身旁的達也端著托盤起身，凱利說聲「抱歉了」坐上這個位子。

「吉田也坐吧。」

坐在凱利旁邊以及服部正對面的澤木，正在慰勞在新人賽大顯身手的一年級學生。幹比古被凱利叫來，乖乖依照指示就坐。

「要是我們有個閃失，女生好不容易替我們反敗為勝的努力將化為烏有。」

「我知道的。明天也會順著這股氣勢奪下所有勝利，然後由我們親手定下一高得到總冠軍的榮耀。」

即使在明天的「祕碑解碼」奪冠，如果目前總分數第二的第三高中得到亞軍，兩校的差距會是九十五分。依照今年的規則，這樣的分數差距可能因為最終項目「越野障礙賽跑」的名次而逆轉，但實際上也是決定優勝的差距。

而且在「祕碑解碼」共十場單循環賽舉行到一半，也就是第五場比賽結束時，第一高中與第三高中都是四勝零敗。兩校各有一場比賽沒上場，完全平分秋色。

「嗯。明天終於要直接和三高對決了。無論如何都要贏。」

服部語氣堅定地說完，凱利也宣稱不勝不歸，並且轉身看向幹比古。

「吉田，就麻煩你照今天的表現上嘍。」

「我會努力。」

即使話鋒突然轉到自己身上，幹比古也不慌不忙地穩重回應。他和兩位學長一樣，必勝的意志都顯露在臉上。

◇　◇　◇

朝ＣＡＤ注入想子。ＣＡＤ核心元件──感應石的個別情報體，將經過主體的電流訊號變換為對應的想子訊號，藉以輸出啟動式，再透過肉體送進魔法演算領域。

「……嗯，沒問題。達也，你的調校依然這麼漂亮。」

「這是我的工作。」

達也平淡回應幹比古的稱讚。

幹比古知道達也的態度不是做個樣子。他對自己的工作抱持尊嚴，因此不會無謂以自己的工作為傲。而且這是他的數種專長之一。達也的本領在於更基礎的魔法系統建構，ＣＡＤ調校只不過是建構系統的技術之一。

「老實說，如果能使用和你慣用的輔助裝置相同的介面就好了。使用方式會稍微不一樣，你就多忍耐一點吧。」

「不，這樣很夠了。別校學生還得使用規格遠不如慣用ＣＡＤ的裝置，我和他們比起來是得天獨厚。」

這不是逞強。幹比古從去年冬天開始使用的這種扇形法具，是由金屬製的符咒組合成扇子的形狀，扇軸延伸出來的是刻印魔法使用的感應合金線，合金線連結到纏繞在下臂的想子波振盪器，堪稱是符咒加ＣＡＤ的術式輔助裝置。

符咒上畫著的象徵符號對應不同的精靈，術士自己建構相應的指令——也就是魔法式，投射在符咒上操控精靈。這是以往使用符咒發動魔法的機制。

相對的，這個輔助裝置是從刻印在符咒的魔法陣發出相當於啟動式的訊號，以線路送入振盪器，再從振盪器經由皮膚接收想子波，送入魔法演算領域。這麼一來，對精靈下達的指令就可以半自動建構完成，接下來就以一般程序投射到符咒。藉由這種方式，能讓以慣用符咒使用魔法的速度，幾乎不輸給使用ＣＡＤ的魔法。

說來遺憾，從符咒取出想子訊號的程序，會違反九校戰的規定。雖然想過以卡片形式的單一起動式特化型ＣＡＤ組合成輔助裝置，但是薄型化所需的元件也違反規定。最後只能改寫市售ＣＡＤ的程式來使用。

達也對這個結果抱持不滿，但幹比古覺得這樣就夠了。幹比古在去年的新人賽緊急上場代打時，也是使用達也調校的ＣＡＤ，如今卻徹底理解到當時的ＣＡＤ只不過是臨陣磨槍的產物。幹比古去年就體認到優秀的工程師能讓輔助裝置變得這麼好用，但今年用起來更是不同以往，可以非常輕鬆又毫無壓力地發動魔法。

「都這樣了還抱怨，我會遭天譴的。接下來不是工程師的責任，是選手的責任，是我應該努力的範圍。」

「喔，Miki，你這番話很有幹勁嘛。」

突然插嘴的聲音，引得達也與幹比古看向調校工程車的入口。艾莉卡從以露營車改造的工程車門口探頭進來。

「艾莉卡，怎麼了？」

「嗯，因為想子波沒有繼續釋放，想說你們的作業應該告一段落了。要不要喝個茶？大家在等你們喔。」

「妳是來叫我們的嗎？」

「沒那麼誇張啦，畢竟大家就在這輛車旁邊而已。」

和艾莉卡交談的達也，轉頭看向幹比古。

「幹比古，怎麼樣？需要你在場的工作已經結束了，你回房休息也沒關係。」

「不，我去和大家喝一杯吧。畢竟這樣應該比較好睡。」

「收到～」

艾莉卡將頭縮回車外，達也與幹比古跟隨她的腳步離開。

下車後的不遠處設置著組合桌，擺著折疊椅。上方是從工程車車頂拉出來的遮陽蓬，成為挺像樣的露營風景。

兩人的座位已經準備好了。達也兩側是幹比古與深雪，幹比古兩側是達也與美月。

「哥哥，忙得這麼晚，辛苦您了。」

深雪朝達也的杯子倒咖啡。
「那個，吉田同學，請用。」
美月朝幹比古的茶杯倒綠茶。
「啊，還特地另外準備啊。柴田同學，謝謝妳。」
如幹比古所說，只有幹比古面前擺著綠茶。
「不過茶是琵庫希準備的。」
「吉田同學眼裡只有美月吧？」
桌子有兩張。因為參加這場茶會的人數一張桌子不夠坐。而這段對話是從鄰桌傳來的。
「昴！艾咪也一樣，不可以講得這麼壞心眼啦！」
「穗香，她們兩人是在羨慕喔。」
「不……不是啦！咱家才不羨慕喵！」
「艾咪，妳冷靜……我搞不懂妳是哪裡人了。」
「是說，妳這方言是在哪裡學的？」
「這是方言嗎……」
鄰桌傳來亂七八糟的對話，引得幹比古紅著臉頰露出笑容。
「怎麼了，幹比古，看你很放鬆嘛。我還以為你會更緊張一點。」

坐在對面的雷歐說完，幹比古笑著搖頭。

「我可沒放鬆喔。該怎麼說呢，鬥志會自然湧上心頭。就算什麼都沒想，也是維持著必勝的心情。」

「喔……Miki，你打理成絕佳狀態了耶。」

艾莉卡聽完幹比古這番話，由衷感嘆說。

「進入這種境界是很難得的事喔。必須真真正正地充實心理層面，才能變成這樣。看來明天也可以期待你的表現了。」

「嗯。我一定會贏。」

幹比古即使嘴裡這麼說，內心依然有壓力。不過回想起甚至無法上戰場的那段時光，連這份壓力都令他感到舒服。

（沒錯。我原本以為自己的心態再也無法如此充實。如果那天沒發生那個事件該有多好……我原本一直是這麼想的……）

現在幹比古就知道了。那個事件甚至不算是意外，是遲早肯定會遭遇，非得獨力通過的考驗。如今他可以如此認為。

魔法科高中入學測驗半年前那一天發生的事件，使得幹比古變得無法隨心所欲使用魔法。雖然沒落榜，卻沒能獲得八枚花瓣的徽章，被迫屈居於雜草階級。這樣的自己好悽慘。

但這是老天爺的安排。正因為成為二科生，自己才能親近這群同伴，和他們締結友誼。這是出乎意料的幸運。價值遠勝於勳章的邂逅。如今幹比古願意相信，這一切都是從那天就鋪好的路。如今他覺得自己有自信斷言，那令他後悔至今的昔日挑戰不是錯誤的決定。

西元二〇九四年八月十七日。舊曆七月七日，七夕的夜晚。幹比古抱著深深的感慨，仔細回想那一天的記憶——

［二〇九四年八月十七日］

西元二〇九四年八月十七日。陰曆七月七日。每年太陰曆七夕的夜晚，吉田家都會進行重要的儀式。

儀式名為「降星之儀」。脫離正統宗教的軌道，曾被傳統宗教人士批判為「邪教徒」的吉田家，可以單獨利用從神道吸收的「降神」技術，喚起能以「國家級」規模操作氣象的神靈——也就是大規模獨立情報體（或稱為孤立情報體），這個儀式就是這門技術的競賽。這裡說的「國家」是導入府縣制度之前的「令制國」，幾乎等同於導入廣域行政區之前的縣市範圍。至於「喚起」指的是叫出精靈、神靈或妖精（這裡的「妖精」是孕育妖怪、妖魔的精氣）將其活化。換句話說就是比較各人接觸神靈、活化神靈的實力，是吉田門下的競技會（神道的「歸神」屬於召喚魔法，「降神」屬於喚起魔法）。

古時會由在這個儀式展現最優秀技術的人獲選繼承家業。因此這個儀式曾經在某段時期充滿血腥味，經過反省，如今基本上是由吉田家的長子繼承當家地位。

不過，即使在儀式無關於下任當家選舉的現代，決定門下最優秀的術士依然具備重要意義。

而且基於不成文規定，要是弟弟或堂兄弟在「降星之儀」屢次展現出遠勝於長子的技術的話，長子讓出繼承權才算是成人之美。實際上，現任當家——幹比古他們兄弟的父親，就是四兄弟中的老二。

目前，吉田家的下任當家選定是幹比古的哥哥元比古。元比古只有幹比古這個弟弟，沒有姊妹，然而堂兄弟光是男生就有九人。一家只有兩兄弟反倒少得算是例外，重視血統的古式魔法師，兄弟姊妹的人數普遍偏多，尤其現任當家哥哥的兒子們每年都懷抱強烈的鬥志參加這個儀式，想從元比古手中奪走下任當家的寶座。

只不過在他們這個世代，喚起魔法的技術足以威脅到元比古地位的人，直到去年為止只有一人，就是元比古的親弟弟幹比古。被稱為「吉田家神童」的幹比古，在神祇魔法（這是吉田家對於精靈魔法的稱謂）的基礎，同時也是根基的喚起魔法技術已經凌駕於哥哥，據稱甚至逼近當家的水準。實際上在去年的儀式中，幹比古的實力就已被公認僅次於當家。

幹比古沒有取代哥哥成為當家的慾望。他是個性內向的少年，不適合擔任指導者。他也有這份自覺，始終認為應該由哥哥元比古擔任當家。

他的慾望與野心位於其他地方。

——位居所有自然精靈頂點的神靈「龍神」。我要親手完成使喚龍神的法術。

這是幹比古的野心，也是吉田家代代的夙願。

相傳吉田家的祖先是求雨的祈禱師。不是大名鼎鼎的神道名門「吉田」，是各村莊都會有一人的巫師。唯一的不同點在於吉田家的祖先擁有真正的能力。不是直覺比常人敏銳，或是擅長解讀風與雲預報氣象的這種程度，而是真正具備召雲降雨的能力。

然而那卻是微弱的能力。祖先擁有的能力是聚集隨風飄動的雲，原本頂多將沒下雨就飄散的雲轉變為雨雲。對於空氣極度乾燥的長期日曬無計可施。祖先居住的村莊到最後因為旱災滅亡。村人忘記以往的恩惠，懷著對吉田家祖先的憎恨流離失所。

後來，祈禱師的子孫們憑著透過血統繼承的能力，不斷摸索著對抗旱災的方法。

攔河造池。

改變地下水的流向，在原本不會有井的地方鑿井。

操縱更大規模的風，從遠方喚來雲朵。

吉田家在這樣反覆嘗試的過程中，得出一個結論。

——到頭來，只要沒有水，任何方法都派不上用場。

要克服旱災就必須引水。那麼，要從哪裡拿水過來？

日照再久也總是存滿水的地方在哪裡？

想到這裡，就不難找到答案。

——海洋。

他們憑一己之力得出「水的大循環」這個結論。

在日本，說到海神就是龍。這是佛教傳入後產生的概念，但起源的出處一點都不重要。海神暨水神。在龍宮統治海洋，乘雲升天，呼風喚雨的「龍神」。這就是吉田家追求的降雨法則。

吉田家的祖先遍訪祭祀龍的神社，為了學習仙人的馭龍術而向陰陽道與修驗道拜師，進入將龍視為守護神的佛門。他們絲毫不顧宗教面的品德或智慧，就只是一味追求通神、通龍之路。最後，「克服旱災」的首要目的變成次要，找出接觸龍神的術法才是目的。結果造就出現今甚至被稱為古式魔法名門的吉田家。

在吉田家現在的教義裡，自然現象的化身——精靈的最高階就是龍神。使喚其他精靈的術法，或是干涉大規模精靈（也就是神靈）的術法，都被吉田家認為是通往最高階精靈之神——龍神術法的墊腳石。

總有一天要親自研發出「通神術法」——這是幹比古的願望，當家地位在這個夢想面前不足為提。幹比古反倒認為這個地位很礙事，因為必須撥出分析術理的時間經營吉田家。

因此，要說幹比古對哥哥懷抱競爭心，就只有在這個「降星之儀」能喚起多麼高階的神靈一事上。元比古表演術法的順序是倒數第三，幹比古的前一位。這個順序是反映去年「降星之儀」的實際成績而決定的。

元比古走上祭壇。

幹比古全神貫注地凝視哥哥的身影。

他們兄弟的感情不差。因為年齡差距較大（元比古比幹比古大七歲），所以兄弟未曾吵架，相對的，兩人也沒有和睦玩樂的經驗，但幹比古將哥哥視為長輩尊敬，元比古則保護天分優秀的弟弟不被周圍的嫉妒傷害。

小時候，元比古是幹比古的老師。

幹比古的才華開始超過元比古的實力時，幹比古變得喜歡獨自修行。他下意識地避免自己與哥哥的天分被拿來比較，討厭聽到別人說哥哥的天分不如他。

然而，只有這個儀式不能這麼做。

他必須對眾人展示自己正是「通神術法」的最佳人選。

所以幹比古屏氣凝神看著最強對手——哥哥的魔法。

哥哥抬頭仰望祭壇設置的鏡子。祭壇建造在祭祀場南方深處，鏡子調整成會映照出北極星的角度。

（不是符咒？）

幹比古看見哥哥伸向鏡子的物品，感到意外。

元比古手拿的是楊桐枝，神道獻祭使用的玉串。

吉田家的魔法以神道思想為基礎，技術層面則是陰陽道的影響較大。

然而元比古即將進行的儀式，看起來卻是仿照神道的形式。不是直接進行神道儀式，而是試圖借用相同形式喚起神靈。

（是木綿四手嗎……？）

幹比古直覺發現，元比古捧在手上的楊桐枝，繫在前端的四手不是紙製，是現今幾乎不會使用的木綿。而且這裡的木綿四手不是用摺的，是貼合而成的。

（用木綿製作符咒，貼成四手……？）

幹比古認為，這個法器很適合用在毫無操守地只吸收各宗派祕術集大成的吉田家魔法。不只是他有這個感覺，守護儀式的族人們也發出幾聲感嘆。他們和幹比古一樣，察覺元比古用了什麼法器。

元比古就這麼捧著玉串，不是獻到神的跟前，而是獻給鏡子映出的北極星——北辰。北極星是天帝之星，同時「辰」在天干意味著「龍」。

沒有咒語或祝詞，甚至沒吹氣。就只是將「力」（被稱為靈力、法力或魔力的精神之力，吉田家單純稱為「力」）注入為了這天而準備的法器。

（……連結了？）

幹比古確實感覺到哥哥和「某物」連結。

比人類意識巨大得多的某種物體。

元比古的氣色因為過度集中精神而變得蒼白。為了喚起未曾接觸的巨大神靈，他拚命維持與增強接觸。

起風了。

元比古的祭服、頭髮與手捧的玉串絲毫沒晃動。幹比古、幹比古的父親、守護祭壇的所有族人也一樣。

在物理層面沒有起風。

然而，在場所有人都「感受」到風。

眾人內心感受到風勢逐漸增強，最後成為暴風席捲一切。

「風神……？」

在轟然作響的風聲幻聽之中，傳來某人的低語。

「這陣『風』，該不會是風神的吧……？」

這句話引得幹比古仰望夜空。他右邊與左邊的人也都仰望天空。

他們看見了幻象。風形成巨大的漩渦，從頭頂上空覆蓋到天空的盡頭。

「他喚起了風神嗎……？」

低語成為喧囂，擴散到祭壇各處。

莊嚴的氣氛籠罩著周圍。身在其中的幹比古就這麼仰望夜空，感受到令自身動彈不得的沉重壓力。

不久，風停了。

元比古就這麼不斷起伏肩膀，氣喘吁吁地轉身，以精疲力盡的模樣朝族人行禮。

現場響起歡呼聲。原先受克制的狂熱紛紛讚揚元比古。

有人說，元比古遠超過他的預料。

有人說，元比古不愧是下任當家。

有人說，今年最優秀的術士確定是元比古了。

前兩個意見，幹比古也完全贊同。

然而，最後那句話引起他的反彈。

（哥哥的法術確實高超。法器也加入獨特的巧思，很明顯有為今天做好了萬全準備。）

協助儀式進行的年輕女弟子扶著元比古走下祭壇。幹比古看著這樣的哥哥如此心想。哥哥將力量絞盡到無法好好行走，成功喚起風神。

能夠在重要的儀式發揮全力。光是這樣，哥哥就是個值得尊敬的人。幹比古老實地這麼認為。所以他——

（我也要投注我擁有的一切，以我的一切，讓今天成為「這一天」。）

幹比古平復浮躁的內心，研磨內心。判斷可以充分集中精神之後，就從準備席起身。

喧囂聲停止了。聚集在儀式會場的族人們目光，集中在走向祭壇的幹比古身上。

儀式在野外進行。這座特別祭祀場設置在遠離人煙的深山，偶爾吹起的晚風夾雜著草葉摩擦聲與蟲鳴。然而這個時候，聚集參加儀式的人們只聽到幹比古走上祭壇的聲音。

幹比古調整呼吸，從袖子取出一疊符咒，張開為扇形。不是一張符咒，是要以九張符咒連動編織出單一術法。這是他花費三個月畫出的成品。

「慢著，幹比古。」

在異常氣氛震懾族人的狀況下，說話的是吉田家當家，幹比古的父親幸比古。阻止正在進行儀式的術士——即使是當家，這也是難免被批判為草率的奇異行徑。

幹比古看起來沒被嚴重擾亂精神，他收起符咒轉身。

「父親大人，請問怎麼了？」

但他就這麼留在祭壇上回應，顯示他內心並非完全平靜。依照原本的禮儀，不應該以俯視的角度對當家說話。

「你正準備喚起誰？」

不過幸比古也沒責備這一點。他同樣沒能壓抑慌張心情。

幹比古猶豫片刻，然後毅然回答這個問題。

「我打算喚起龍神。」

一片喧嚷聲響起。一半是表現出「不會吧?」的驚訝，另一半則是暗藏「這一刻終於來臨了」的期待。

「收手吧。」

幸比古對此的回應，是斷絕眾人的期待。

「為什麼?要喚起的對象，應該是由參加儀式的術士各自決定吧?」

同意幹比古這番反駁的人不只是一兩個人。術士是孤傲的存在。即使是家長，也不應該侵犯這份孤獨與驕傲。

幸比古也熟知這個道理，但他依然阻止兒子。

「幹比古，你真的打算不靠『水晶眼』的引導就喚起龍神?」

當家這番話再度引發騷動。

「這……我不需要那種東西。」

「幹比古，龍神具備的情報量，絕非其他神靈可以比擬。」

聽到幸比古說出「情報量」這個詞，場中零星看得到有人板起臉。

吉田家的魔法不以特定宗教為背景，所需的技術都一視同仁地吸收。其中也包含被視為邪法忌憚的技術，但他們照樣毫不猶豫地採用(相對的，他們在吸收技術之後就會除掉邪法師，多虧這麼做才沒在魔法世界被視為「邪教集團」排擠)。

不過，把到了這個世紀才建立體系的現代魔法，視為避諱的族人絕對不在少數。這是自卑顯現出的另一面，但包含這點在內，不認同現代魔法的風潮確實存在。

幸比古不顧族人內部的情緒反彈，積極吸收了現代魔法的知識。「我們一族的魔法原本不就是這種作風嗎？」他對表達反對意見的族人如是說。

即使如此，對於現代魔法的反感依然殘留在族人心中。因此，幸比古想以現代魔法理論制止兒子的這份態度引起了某些人的不悅。

「龍神是水之大循環的獨立情報體。包含水之理、風之理、火之理，而且是以這三方面極為廣域的情報建構而成。要駕馭龍神，必須以『眼』在情報的大海引路。」

要駕馭龍神……不，光是要接觸龍神，只靠單一術士不足以達成。進行喚起與控制的術士，一定要有另一個嚮導輔助，引導前往神靈核心的部分、突破口的部分、力量薄弱的部分，進而通往神靈的中樞部分。這是吉田家現階段的結論。

「父親大人，恕我直言，這一切只不過是假設。」

然而幹比古公然質疑前人的研究成果。

「再說，前往龍王所居住的水晶宮的引路人——也就是擁有『水晶眼』的人本身就只是沒確認過的傳說。水晶眼的擁有者，吉田家不是已經找了兩百多年嗎？在下認為是時候踏出最後的一步了。」

數名徒弟點頭同意幹比古這番話。族人之中明顯露出贊同表情的也不在少數。

他們等很久了。

等待至今怎麼找都找不到的水晶眼擁有者登場。

「世間的人們原本認為魔法只存在於傳說中，以『無法確認』為理由覺得魔法不存在。」

幸比古以平淡語氣，委婉反駁幹比古的意見。

「這是因為……我們藏匿知識……」

「但魔法確實存在。我們自己就是證據。不知情的人們認為魔法是傳說，如今所有人都知道魔法實際存在。幹比古，你為什麼敢斷言傳說提到的水晶眼不存在？」

幹比古沒有理論能頂撞父親這番話。

「假設確實存在，要是找不到就沒意義了。如果我沒能在有生之年遇見，對我來說就沒有意義。既然水晶眼的擁有者現在不在這裡，我認為換一條路絕對不是錯誤的選擇。」

所以幹比古轉換了話題。

「父親大人，這場『降星之儀』是做什麼的？我們吉田家的目的是什麼？」

幹比古以冠冕堂皇的名義強壓道理。正因為幸比古位居當家地位，所以才無法否定幹比古的論點。

「……元比古，你也對幹比古講幾句吧。」

幸比古不是以當家身分，而是以父親身分向長子求助。

「父親大人，我對幹比古沒什麼好說的。」

但是元比古沒回應幸比古的要求。

「原本應該由我挑戰喚起龍神的術法，但我沒這個能耐。我光是喚起單一屬性的神靈就落得這副德性。」

元比古說完，對身體依然不穩的自己露出自嘲的笑。

「而且，這場『降星之儀』是術士對族人表現己身實力的舞台。就算我是他的哥哥，也不能妨礙他。」

「哥哥……」

出乎意料的掩護射擊使得幹比古語塞。

「但是幹比古，別勉強啊。這裡所有人都知道你的實力，也明白『通神術法』難如登天。只要覺得做不到，就要立刻中斷法術。」

「……知道了。」

幹比古也明白，元比古講這種話不是想獲得「今年第一術士」的名聲。

哥哥只是在擔心自己而已。懷抱反感是醜陋的心態、丟臉的態度——幹比古確實地理解著這一點。

然而，「絕對要成功」的意志同時在幹比古內心萌芽也是事實。

幹比古轉身面向祭壇的鏡子。

已經沒人出聲阻止他了。

幹比古重新取出符咒攤開，從符咒繪製的文字與紋樣讀取建構魔法的程序。若是以現代魔法學用語來形容，就是將想子注入符咒，依序將回傳的訊號送入魔法演算領域，以各個元件建構魔法式。

建構完成的魔法式投射到符咒上重疊，符咒因而成為精靈——也就是獨立情報體的控制裝置。即使獨立情報體的規模過大，無法達到完全控制，也可以成為傳達術士意志的通訊機。

總歸來說，精靈是記錄自然現象的想子情報體。不具備物理定義的「能量」。只記錄自然現象的機制，沒有作用點或作用方向的情報，所以無法就這麼以現象形式來顯現。

對這種想子情報體賦予作用點與作用方向的情報，獨立情報體再藉此改寫事象，這就是精靈魔法與ＳＢ魔法的真面目。「喚起魔法」是用來連結想子情報體，將想子情報體活化為可以輸入作用點與作用方向情報的狀態。

要喚起精靈，首先必須找到目標精靈。只不過這次不必尋找目標精靈的下落。「龍神」是「水之大循環」的獨立情報體，如此巨大的情報體不會找不到。

接下來才是問題。

要連結情報體，並不是胡亂接觸就好，必須像收音機調頻一樣調整波形。這個步驟當然比收音機複雜得多。波長、頻率、變動的法則。與其說是調頻，更像是類比曲線密碼的解碼程序。愈是大規模又複雜的獨立情報體，必須配合的波形變化就愈多。

即使成功解讀波形，術士接下來還得面臨另一種考驗，也就是情報量造成的壓力。人類精神具備的情報量龐大到足以凌駕於自然現象的情報量，但浮現在意識表層的情報量只是冰山一角，只憑這點程度會被自然現象的情報量壓垮。大多會在意識毀損之前昏迷，斷絕連結。因為接觸獨立情報體而成為廢人的案例非常罕見，但以魔法來說算是失敗。

調整波形，承受壓力，進而支配對方，並至少進入可以引導的狀態。此外，當然也必須讓情報活化到可以顯現為現象。

如果擁有水晶眼的人真實存在，應該可以輕易完成調整波形的同步程序。但是到頭來，承受壓力與賦予活力的步驟，還是得由術士自己進行。幹比古認為既然水晶眼只能讓同步變得容易，就不是必備條件。

與其只為了水晶眼而原地踏步，不如親自完成所有程序給大家看。幹比古下定決心，將注意力集中在化為控制裝置的符咒。

幹比古很快就捕捉到龍神的氣息。到這裡都正如預料。但他遲遲沒能同步。即使讀取到波長與頻率，卻會立刻變化。波形變動的模式過於複雜，光是同步就會逐漸消耗氣力。

即使如此，幹比古依然以不負「神童」之名的專注力與持久力，讓自己的想子波配合龍神的想子波。旁觀者大概也感受到成功的徵兆，圍繞祭壇的人牆不時發出喧嚷聲。

最後，喧嚷聲變成這樣的聲音。

——要連結了。

——要連結了。

——要連結了。

高階術士說出這樣的話語。

（……捕捉到了！）

在幹比古感覺到波形完全同步的這時候……

《填滿吧……》

如同深山回音、如同大海波濤聲——來自遠方的這種聲音傳到幹比古這裡。

（幻聽？）

這明顯不是以耳朵聽到的聲音。

幹比古無視於這個聲音，為了讓自己和龍神的連結更為確實，發送同步完成的己身想子波，

將對方的想子波拉過來。

《填滿吧……》

聽到的這個聲音，比剛開始近。

《填滿吧……》

幹比古愈是用力將龍神的想子波拉過來，這個聲音也愈是增強。

《填滿吧……》

（難道這是……龍神的聲音？）

幹比古認為不可能有這種事。「龍神」只是他們為求方便的稱呼，實際上那應該是「水之大循環」的獨立情報體才對。

然而，實際狀況和幹比古想的不同。

幹比古如此心想的下一瞬間……

特別響亮又清楚的聲音，在他的意識中轟然作響。

《填滿吾吧！》

「嗚哇啊啊啊啊！」

幹比古從喉頭放聲慘叫。

他對此沒有自覺。

幹比古痛到意識快被燒斷，而且灼熱的感覺更勝於痛覺。

自己的魔法泉源，現代魔法學所說的「魔法演算領域」正在被迫高速運作。幹比古不知為何知道自己處於這種狀況。

在認知到這一點的剎那，幹比古忘了這一點。

記不住了。

想子徹底從他體內消失。

被搶走了。他心想。

被吃掉了。他心想。

幹比古無法承受喪失想子的痛楚，失去了意識——

【二〇九五年一月某日】

吉田家道場對側的後院，一名少年以熟練的動作，操作行動終端裝置型態的ＣＡＤ。

少年敲打雙手用大型終端機的動作行雲流水。少年已經習得了必須重複數百次、數千次相同動作才能獲得的流暢技術。

少年前方擺著火把。他注視著——瞪著這根沒點火的火把。

少年操作ＣＡＤ結束之後約一秒。

火把一口氣點燃。

「可惡！」

少年咒罵說。

「好慢！太慢了！我為什麼變得這麼慢吞吞的！」

高中入學考將近的少年——幹比古，如此責罵自己，為此嘆息。

五個月前舉辦儀式的那一晚，昏迷的幹比古清醒之後，變得無法好好使用魔法。

可以發動術式。準度與威力也隨心所欲。

只有速度沒能隨心所欲。

無論重複多少次都覺得慢。自己使用魔法的速度明明可以更快……這種感覺留在意識中，無法抹滅。

父親說「是你多心了」。

哥哥也說「是你多心了」。

兩人拍胸脯保證，幹比古是以一如往常的速度使用法術。應該是因為儀式失敗而變得神經質吧——哥哥元比古如此安慰幹比古。

然而幹比古無法接受。

他很焦急。

——自己應該可以更快完成法術。

——自己應該可以更自由地使用法術。

因為內心焦急而亂來，結果不如預期又更加焦急，久而久之，幹比古就真的無法好好使用魔法了。

父親幸比古命令幹比古暫停修行，告誡說唯有魯莽蠻幹絕非進步之道。

幹比古停止在道場修行，前往魔法補習班學藝。

他認為學習現代魔法學，或許可以得知自己無法使用魔法的原因。他變得不相信明明自己無法和以往一樣使用魔法，卻只說他一如往常的父親與哥哥。

然而，魔法補習班也沒能回應幹比古的期待。說起來，以應付魔法科高中入學考為目的的魔法補習班，是禁止傳授高階魔法的。魔法補習班能教的，只有發動系統魔法相關的基礎理論與實踐、ＣＡＤ的基本操作，以及如何實際使用ＣＡＤ發動基礎的單系魔法。

幹比古以自學的方式，讀遍魔法理論的文獻。他使用舊型ＣＡＤ反覆練習唯一學到的基礎單系魔法。

練習數百次、數千次。

即使如此，他依然沒有回復實力。

幹比古使喚水之精靈熄滅火把的火，命令精靈消散水氣，然後回到原位準備重複練習。

他正要操作ＣＡＤ的時候，後方傳來哥哥的聲音。

「幹比古，上學時間到了。」

幹比古不死心地瞪著火把，但是不久之後，他放鬆肩膀力氣轉身。

「哥哥，抱歉麻煩您特地過來通知我。」

幹比古不會對家人宣洩情緒，也沒有亂發脾氣。始終彬彬有禮，表現得像是建立一道隔閡，如同對待外人。

「幹比古，別太勉強自己。任何人都會陷入低潮。」

面對元比古由衷擔心弟弟的這番話，幹比古也只有默默行禮回應。

「有些時候，即使折磨自己也不會有成果。」

「我知道。」

幹比古只以表面話回應，假裝接受了哥哥的建言。其實，元比古也在超越自己的極限喚起了「風神」之後，被「魔法力一下子就會用盡」的後遺症所苦，但幹比古沒看見。他以為只有自己受苦。

「別焦急。有時候繞路也會成為捷徑。」

「謝謝哥哥的建議。」

幹比古朝哥哥行禮之後前往主屋。

他到客廳露面，向父母道歉說今天沒時間吃早餐，在簡單打理儀容之後上學。

【二〇九六年八月十四日】

「達也，早安。」

「早安，幹比古。睡得好嗎？」

「哈哈，睡眠充足，身體狀況萬無一失喔。」

「看來確實是沒問題。」

達也的視線一如往常，彷彿看透幹比古的一切。幹比古對此覺得不太自在，同時對達也抱持確實的信賴。

（這麼說來，去年的九校戰就是我脫離低潮的契機啊。）

昨晚他回想起那段苦惱的日子。這段記憶不知為何不會令自己難受。對幹比古來說，這件事已經過去了。他反倒對於自己當年的誤解，以及自我封閉、不信任家人的那段日子感到羞恥。

「幹比古，怎麼突然笑了？」

「咦？我在笑？」

「回憶往事的笑？你這傢伙真噁心。」

「……達也，聽你這麼說，我會感覺自己真的害人覺得噁心，可以不要這樣嗎？老實說，你這麼講會害我很消沉。」

「我當然不是說真的。」

達也以一點都不像是開玩笑的語氣回應，讓幹比古真的消沉了起來。

對於回憶起當時事件的幹比古來說，為這種小事沮喪的現在何其珍貴。

去年的「降星之儀」，幹比古甚至沒被允許參加。父親說「去看看你原本應該列席的地方吧」，將他強行送到九校戰會場。

今年的「降星之儀」是在九校戰結束之後，陽曆八月二十四日舉辦。但是幹比古今年也打算退出儀式。他沒做好參加儀式應有的準備。現在九校戰這邊比較重要。

「玩笑開到這裡，進行最終調校吧。」

在達也的催促之下，幹比古的意識從沉思回到現實。他移動到調校裝置前方，戴上測量用的護目鏡，將手放在面板上。

「……看來你說身體狀況良好不是謊言。不過情緒有點激動。」

「咦，連這種細節都知道？」

幹比古驚訝的模樣引得達也輕聲一笑。

「情緒波動屬於靈子的領域。美月或許知道，但是不可能以機械直接測量。不過可以從想子波形推測，因為思考也難免受到情緒的影響。」

「哇，真厲害。」

「幹比古，現在不是佩服的時候喔。」

出乎意料的高階技術，使得幹比古率直表達佩服之意，卻被達也如此告誡。

「過於投入和鬆懈一樣都不是好事。維持平常心究竟有多麼重要，你們古式魔法師應該比較清楚吧？」

達也這番話使得幹比古苦笑。

「說得也是。古式魔法確實比現代魔法容易被心理狀態影響。」

幹比古調整氣息。這麼說來，被人指出自己的魔法跟呼吸比以前更自然，也是去年九校戰的事情。當時他沒想到會從艾莉卡口中聽到這種話而嚇了一跳，但現在已成為美好的回憶。

「這樣如何？」

幹比古再度將手放在測量面板詢問。

「沒問題。這麼快就能調整回來，了不起。」

了不起的人可是達也你喔——幹比古並未將這句話說出口。他害怕要是說出來，聽起來或許很假。

幹比古之所以能夠脫離低潮，是因為和達也組隊參加「祕碑解碼」。正確來說是在「祕碑解碼」使用了達也調校的ＣＡＤ。

如今他知道自己狀況不佳的原因。認為自己失去魔法力的那段時期確實如哥哥所說，只是陷入低潮。

儀式當晚，使用喚起魔法時聽到的那個聲音。

——填滿吾吧！

那個聲音確實是「龍神」的聲音。他當時連結的巨大獨立情報體，要求更快的情報處理速度補足維持連結所需，是喚起魔法的逆流現象。在那個時候，「龍神」要求超過幹比古實力的處理能力，使得魔法演算領域下意識地運作過度。他當時感覺想子枯竭，是魔法演算領域超越他自己的意圖持續吐出魔法式的副作用。

之所以認為自己的魔法發動速度變慢，是被當時強迫加速的感覺拖累，當然會覺得慢。既然以超過自己實力的速度作為判斷基準，覺得魔法演算領域平常的運作速度慢也是理所當然的。說穿了，這就跟開車剛從高速道路回到一般道路的時候，明明以正常速限前進，卻會誤以為是放慢行駛的錯覺是相同道理。

而且，魔法演算領域明明正常運作，幹比古卻無謂地試圖改變，所以狀況變差同樣是理所當然。錯誤的努力甚至毀掉以往正確努力的成果。父親說得對，當時停止修行是正確解答。

第一高中其他學生恐怕沒察覺（會察覺的人，也只有「深雪同學」而已），達也認真改良的啟動式，會強制激發魔法師的極限能力。因為完全去蕪存菁，調校到徹底配合使用者的魔法特性，因此魔法演算領域也是在毫不馬虎的狀態下運作。幹比古心想，因為自己不是依賴啟動式下意識建構魔法式的現代魔法師，而是即使效率不佳，依然習慣自行建構魔法式的古式魔法師，才會察覺這件事。

在去年「祕碑解碼」使用達也調校的ＣＡＤ的幹比古，魔法演算領域也在非自願的狀況下被迫全力運作。以達也改良的啟動式發動魔法的速度，比「龍神」強迫吐出的魔法式建構速度還快。幹比古在自己能力的極限體驗到更勝於當時的速度，才終於擺脫「龍神」給予的錯覺。

「幹比古，我試著微調了，你試試看吧。」

「……已經結束了？該怎麼說，好快啊。」

幹比古說完，負責服部的工程師以及負責凱利的工程師露出苦笑。他們也已經連一點嫉妒的樣子都沒有了。

幹比古從達也手中接過ＣＡＤ套在左手。ＣＡＤ的拇指位置下凹，方便以單手拿著，且雖然面積大卻是又輕又薄。背面有加裝皮帶固定拇指以外的手指，即使動作激烈也不會弄掉。按鍵共五個，以圓弧狀排列，內側食指的位置是決定鍵，是比起啟動式數量，更重視使用感的設計。

幹比古展開啟動式，在魔法即將發動的狀態停止。雖然不曾擔心，但幹比古一如往常地感覺無比契合，甚至後知後覺地冒出驚訝的心情。

「沒問題。看來今天也可以發揮全力。」

掛著笑容的工程師學長們，大概沒有正確理解幹比古這番話的意思吧。幹比古說的是「看來今天也會不容分說地被激發全力」。

「注意步調的分配啊。唯獨這部分只能由魔法師自己調節。」

「我知道的。幸好今天上午的第二場次不用上場。打完第一場，休息一場之後打第二場，再來又是午餐休息時間，然後下午打兩場。不用擔心體力分配的問題。」

「說得也是。比賽順序得天獨厚。」

「運氣也是實力之一。」

服部與凱利附和幹比古的話。在「祕碑解碼」正規賽，第一高中代表隊放鬆得恰到好處。

第一場比賽，一高與六高在草原戰台對決。

老實說，在視野遼闊的草原戰台上，幹比古沒什麼發揮的機會。三七上凱利「藉由相互抵銷讓魔法失效」的高超技巧，使得祕碑的防守萬無一失。幹比古頂多只要協助阻止對方的第一記魔法，然後服部趁隙攻進敵陣，以拿手的複合魔法一口氣擊倒六高的守備人員。

第二天的第一場比賽，以第一高中的穩定勝利收場。

第三場次，對於一高來說的第二場比賽，終於要和死對頭三高對決了。幸好依照今年的規定，選手不能同時參加「越野障礙賽跑」以外的項目。報名「冰柱攻防」的一条將輝，無法在「祕碑解碼」上場。

即使三高隊裡沒有一条將輝與吉祥寺真紅郎，依然是一高最強的對手。

場地是溪谷戰台。特徵是兩側高聳的山崖，以及細長又大幅度彎曲的水池。

（水嗎……）

水屬性的最高階神靈，是幹比古陷入低潮的原因。但幹比古最拿手的屬性也是水。

「吉田，用去年新人賽那招吧。」

確定場地是溪谷戰台之後，凱利立刻掛著想惡作劇的笑容如此提議。

去年的「祕碑解碼」新人賽，一高在溪谷戰台和九高對決時，幹比古以濃霧結界覆蓋整個區域，完全沒交戰就獲得勝利。

「三七上，三高應該也在提防那種作戰吧？」

服部主張慎重行事，很像他的作風。

「我覺得就算對方有提防，這個作戰也很有效。司波認為呢？」

凱利不是詢問幹比古本人，而是將話鋒轉向達也。這使得達也和幹比古相視苦笑。不過學長這樣點名，幹比古也決定交由達也回答。何況幹比古也想聽聽達也的想法。

「我認為必須稍微修改，不過應該有效吧。」

「要怎麼改？」

服部問完，達也開始說明作戰。

比賽一開始，整座溪谷戰台就覆蓋濃霧。

觀眾席一陣譁然。直接來到九校戰會場的觀眾，大多記得去年新人賽的事。

三高應該早就預料會這樣了吧。他們以祕碑為中心，架設半徑十五公尺的反物質護壁，阻止濃霧入侵。

設為祕碑「鑰匙」的無系統魔法，射程距離是十公尺。反物質護壁的功率壓低到不會消耗魔法力，因此無法阻止一高選手入侵。然而三高選手知道護壁被突破的瞬間，敵方是從哪裡接近。

三高的三名選手圍著祕碑，擺出持久戰的陣容。

三高的想法絕對不算錯。按照常理，範圍這麼廣的魔法不可能維持太久。實際上在去年的新人賽，一高使用這個作戰對付九高的那場比賽是以五分多鐘分出勝負。

然而即使經過五分鐘，經過十分鐘，霧依然只是愈變愈濃。

三高的選手們不清楚SB魔法──精靈魔法的性質。精靈魔法是透過獨立情報體改變事象，花費愈多時間就能聚集愈多的獨立情報體，強化法術。

設局進行持久戰的其實是一高。

達也並不是準確猜到三高的作戰。他提出的作戰是以樹狀圖方式呈現的內容。列出三高對於「霧之結界」的發動可能採取何種應對方式，再針對各種預測的方式決定這邊如何行動。

達也做的事情不特別也不非凡，是理所當然的作戰計畫。預測敵方行動，擬定對策。只不過是他的預測正確，對策也非常妥當罷了。

不過以結果來說，他的作戰漂亮命中紅心。三高選手輪流架設反物質護壁，但在經過十分鐘後，選手的消耗程度開始變得明顯。而且一高選手這邊並不是只有幹比古在努力，服部也逐漸做好攻堅的準備。

在幹比古法術的輔助之下，身處濃霧依然確保視野的服部，接近到三高陣地前方三十公尺處，然後在不會接觸到三高反物質護壁的護壁外圍灑下乾冰雨。落地的乾冰著實弄濕地面的小石頭跟零星的雜草，最後融入濃霧水珠中消失。

乾冰粒落地的聲音，由凱利製造打雷般的聲音掩蓋。在溪谷迴盪的雷聲，也確實地削減了三高選手的精神力。

凱利在製造轟聲的同時粉碎岩石，或是將石塊砸向山崖，這樣的表演讓觀眾開心不已。觀眾的歡呼聲也引發三高選手猜忌。

經過十五分鐘時，耐不住性子的三高終於展開行動。他們展開兩層反物質護壁，解除外層護壁，接著原本負責攻擊的選手便走了出來。

緊接著，他就被沿著地面來襲的電網捉住。這是服部擅長的複合魔法「迅襲雷蛇」。對方衣服沒有濕透，所以沒能得到完整的效果，但服部相對花較多時間準備，加強的威力用來彌補效率還有剩。

就在距離反物質護壁外側極近的地方閃爍的電光，使得護壁內的三高選手慌了。沒發現敵人接近到不遠處，也令他們失去平常心。

反物質護壁變得不穩定，此時，夾帶石粒的強風吹向護壁。是服部的魔法「砂塵流」的變化型。也可說是「砂石流」的這個魔法，摧毀了三高的反物質護壁。

突破護壁的石粒，被融入二氧化碳的濃霧水珠完全沾濕。雷蛇發現新的通道，蹂躪著三高祕碑的周圍地帶。一鼓作氣流入的霧也飽含二氧化碳。

架設絕緣護壁蹲下的服部前方，有美麗又殘酷的雷光纏繞在三高選手身上。

戰勝三高的服部、凱利與幹比古，並排在一高的加油席前方。

全隊朝著看台揮手。

幹比古在加油的學生中，發現開心鼓掌的美月。

——吉田家花費兩百年也沒找到的，擁有水晶眼的少女。

——如果有她，兩年前的儀式會成功嗎？

——如果有她，自己能完成「通神術法」嗎？

幹比古輕輕搖頭，將這個「雜念」趕出意識。

這不是現在要思考的事。祕碑解碼還沒結束，九校戰還沒結束。

這不是幹比古該獨自思考的事。必須先對她說明「水晶眼」以及「通神術法」，讓她答應協助再說。

這仍是將來的事。

幹比古不知道自己與美月將面對何種未來。甚至不確定是否能維持「好朋友」的關係。

比起這個，現在先回應她的期待吧。幹比古如此心想。

協助他取回實力的達也；（雖然不想承認）擔心他並且在各方面照顧他的艾莉卡；像這樣為他加油打氣的朋友們。現在先全力以赴，為他們獲得勝利吧。

幹比古在內心如此發誓。

The irregular at magic high school

Shotgun !

無論是運動競賽、非運動競賽、魔法競賽或非魔法競賽，恐怕所有競賽都能這麼說——比賽在實際上場競技之前就開始了。二〇九六年度的九校戰中，這個傾向堪稱特別明顯。

魔法科高中各校賭上威信參與的九校戰——全國魔法科高中親善魔法競技大會，從第一高中到第九高中，每間學校都以學生會為中心，動員全校人員忙於準備。說來遺憾，並不是所有魔法科高中都以優勝為目標邁進，但至少同樣絞盡腦汁全力以赴，希望盡量留下佳績。

挑選選手、備齊CAD、調校啟動式。這些事前準備的起點是競賽項目。一切準備都是配合競賽特性進行的。所以九校戰營運委員會突然告知變更競賽項目會引發一場大混亂，也可說是理所當然。

一高也不例外。學生會長中条梓尤其受到嚴重打擊，學生會業務甚至停滯了兩三天。

然而即使什麼都不做，時間也會持續流逝。如果只是悲嘆度日，將會落得在準備不足的狀況下正式參賽。與其說是基於義務，不如說梓是基於恐懼而成功恢復常態。

領袖一重振清神，整個一高就迅速重新起跑了。受到最強烈打擊的是梓這件事反過來說，無疑代表其他學生受到的衝擊比較輕。

震撼的通知是在七月二日星期一送達。三天後的七月五日星期四午休時間結束時，選手已經重新甄選完畢。

當天放學後，各競賽隊伍在不同的時間與地點，進行會面兼討論的會議。

◇◇◇

「打擾了～」

第一高中二年B班，通稱「艾咪」的明智英美，晃著招牌的鮮紅頭髮，進入準備大樓的小會議室。

今年度的九校戰，她獲選為新項目「操舵射擊」雙人賽的選手。今天接下來預定在這個房間和搭檔選手以及責任工程師會面。

不過，這位工程師事到如今不需要介紹，艾咪也很熟悉這個人。是在去年九校戰也受到對方照顧，不太能形容為「平凡」的同年級學生。一年前才詫異這個人為什麼是二科生，但今年就可喜可賀（？）地轉入了新設立的魔法工學科，立場（姑且）變得和擁有的能力與智力相符。

英美聽到那個消息時，就高興得好像是發生在自己身上的事情一樣……這樣形容她的心情是錯的。老實說，她鬆了口氣。如果這個人就這樣繼續當二科生，沒面子的反倒是理論成績不如這個人的英美他們一科生。不過也有同學不肯承認這件事。同學們放話說「只有筆試分數輸他，總成績是我們贏」，但是聽在英美耳裡只像是嘴硬不服輸。

若要說只有考試成績輸他，說到底，「總成績」本身也只是學校自己打的分數吧？英美這麼想。在去年的「祕碑解碼」新人賽，他打敗十師族一条家繼承人所在的三高隊奪冠，英美實在不認為同學的實力勝過他。

室內狀況跟英美預料的相同，無人回應。現在還是預定集合時間的十分鐘前。搭檔的選手是三年級，該選手的工程師是學生會長。按照常理考量，不能讓對方等。英美對於自己順利成為第一個抵達的人感到放心。

五分鐘後，高年級搭檔露面了。

「咦，已經到了。好快喔～」

「啊，辛苦了。」

將資料下載到行動情報終端裝置，正在複習「操舵射擊」規則的英美，起身行禮致意。

「我是二年B班的明智英美，朋友叫我『艾咪』。請多指教！」

英美充滿活力的問候，使得兩名三年級學生露出笑容。

和英美差不多高，留著黑色直短髮的圓眼睛女學生回以自我介紹。

「艾咪學妹是吧？我是三年B班的國東久美子。叫我小久吧。」

看來搭檔的學姊超乎英美預料，個性非常平易近人。

「呃，不，這終究太……」

「唉，我想也是啦。但妳不用太客氣。哪天改變想法，隨時都可以叫我『小久』喔。」

「這樣啊……」

（這……這個人好隨和……！）

英美心中冒出別人平常對她的感想。

「然後，妳應該認識她吧？學生會長小梓。」

「小久！」

梓一聽完久美子對她的介紹就紅起臉大吼。英美未曾想像梓大呼小叫的場面，所以見狀嚇了一大跳。

「咦，妳怎麼突然喊這麼大聲？艾咪學妹都嚇壞了。」

「還不是因為妳亂介紹的關係！別叫我小梓啦！」

「咦～平常不是都這樣叫的？」

「因為是妳啊！在學妹面前，那個，該怎麼說……」

梓支支吾吾。

「那個，中条會長？我知道您是怎樣的人。」

英美好不容易趁機插嘴圓場。

「咦？啊，說得也是……明智學妹，請多指教。」

英美的聲音令梓驟然回神，將小小的身體縮得更小，害羞地回應。英美不小心被她的模樣萌到了。

「各位久等了。」

「沒關係！你很準時！」

洋溢輕飄飄氣氛的小會議室，因為最後一人達也的登場而「多多少少」取回緊張感。

這份緊張感主要來自梓。

這幅光景看在某些人眼中，很像是達也把捉弄梓當成例行公事，然而無須解釋，這當然不是事實。只是梓單方面驚慌失措罷了。

但她害怕的模樣，也確實令人忍不住冒出「要幫她才行」的想法。

「司波同學，今年也請多指教！」

講得像是在拜年的英美猛然低頭。

「初次見面，我是三年B班的國東久美子。請多指教。」

繼英美之後，久美子以判若兩人的態度文靜行禮。看起來不像是剛才要求首次見面的學妹叫她「小久」的那個女生。

至少英美是這麼認為的。她目不轉睛地凝視久美子的臉。

不過，兩人剛才的互動和達也無關。

「國東學姊，請多指教。艾咪也是，我才要請妳多指教。那麼會長，開始開會吧。」

達也將這份取代鬆弛氣氛，恰到好處的緊張感視為理所當然，也認知久美子是這樣的個性，催促眾人開始開會。

「啊，好的，說得也是。」

梓回應之後看向達也。

但是達也沒開口。梓反過來被達也注視，慌張不已。

「那……那個，司波學弟？」

「會長，麻煩您了。」

達也要求梓主導會議的進行。這不是惡整之類的行徑。梓是學姊，是學生會長，也是九校戰選手團的團長，達也認為應該由她主持。

英美與久美子也看向梓，證明這是妥當的判斷。

「——那麼，開始進行『操舵射擊』女子雙人賽的作戰會議。」

梓早早放棄抵抗，坐上議長席。與其和達也繼續大眼瞪小眼，這麼做輕鬆得多。

「首先……從自我介紹開始吧？」

「知道了。我是負責明智同學的工程師司波達也。」

其實他在剛進房的時候，就已經自我介紹完畢。但達也沒指出這一點，很乾脆地起身簡短自我介紹。

「我是二年級的明智英美，本次很榮幸獲選為選手。我會努力避免連累國東學姊，還請多多指教。」

在回座的達也視線催促之下，英美什麼都沒想就接著自我介紹。

英美坐下之後，久美子帶著困惑緩緩起身。

「我是三年B班的國東久美子……本屆第一次獲選為九校戰的選手，我也會全力以赴。」

然後久美子看向梓，用難以啟齒的模樣輕聲告知。

「那個，小梓……中条同學？剛才就已經自我介紹過了……」

久美子事到如今才提出這件事，讓梓聽完臉紅了起來。但是以梓的個性，既然是自己的提議，她不可能只讓自己省略自我介紹。

「我是擔任國東同學工程師的三年級生，中条梓……」

梓以一副已經達到極限的樣子坐下。在「搞砸了」的丟臉想法使得她大腦過載時，達也伸出援手。

「會長，要不要先決定舵手與射手的分配？」

「說得也是。」

梓以感覺快到會咬到舌頭的速度，同意達也的提議。

梓明顯害怕到這種程度，即使達也再怎麼不在意別人對他的態度，也覺得不是滋味。但是講出口應該會造成反效果吧。達也如此判斷之後，把想說的話吞回去。

「雖然這麼說，但應該也沒必要重新討論了。」

達也這麼說。

「我當舵手吧。」

「我當射手吧。」

久美子與英美間不容髮地回應。

「太好了～因為就算要我划船，我也做不到。」

英美裝模作樣地打趣輕撫胸口。

「不用真的划船就是了。」

達也以不知道是認真還是開玩笑的語氣吐槽英美，然後看向梓。

「會長也同意嗎？」

「嗯，同意。」

梓看起來也沒有絲毫迷惘。如達也所說，決定英美和久美子搭檔時就預定這樣分配，所以不必討論。

英美是狩獵社。

久美子是舟船社。

如果九校戰沒變更比賽項目，原本應該是英美參加「精速射擊」，久美子參加「衝浪競速」。這次是分別看好兩人射擊與水面行進魔法的實力，而選她們作為「操舵射擊」的代表，不是選了才依照能力決定職責，也沒必要刻意不讓她們發揮專長。

「那就這麼決定了。」

達也說完，梓、英美、久美子點頭回應。

梓面向筆記本大小的終端機，眼睛忙碌上下掃視。她在閱讀競賽項目的要點，決定接下來要討論什麼。不過關於「操舵射擊」的細節，她早已看得滾瓜爛熟。雖說沒料想到會擔任主持人，但她沒想過要在這場會議討論什麼，即使重新瀏覽資料，也不會立刻想到議題。

「……那個，請問今天還要決定別的事嗎？」

最後，梓環視三人的臉這麼問。不過從她注視達也比較久就知道，這個問題是在問達也。

「我認為應該決定船的類型。」

果然，回答梓這個問題的是達也。

「船的類型……嗎？」

不過說來遺憾，梓似乎不太清楚這個回答的意思。

「要重視速度選擇船身窄的船，還是重視射擊的穩定性選擇船身寬的船；或是重視前進速度選擇吃水較深的船，還是重視迴旋性能選擇吃水較淺的船。既然是以魔法驅動，應該不用考慮利用水阻力轉彎的問題。」

如果吃水較淺，轉彎時將會抓不住水而在水面上打滑。但以魔法駕船的狀況，轉彎不需要依賴水阻力。

「國東學姊想要哪一種？」

達也重新確定這一點之後，便確認久美子的要求。

「船身窄，而且吃水深一點比較好，不過……」

久美子轉動雙眼觀察旁邊英美的表情。站在駕船者的立場，這樣比較便於操控。但即使再怎麼和實彈射擊不同，要是船身劇烈搖晃，將或多或少影響到打靶時的瞄準。

「我想，應該沒問題。因為馬背上也挺晃的。」

達也聽完兩人的回應，開始操作手上的A４尺寸終端裝置。他在核准比賽用船的委製單。

「雖說重視速度，但也沒有比賽用的划槳船那麼細長。只是我認為船上很難站著。」

這番話前半是對久美子說，後半是在提醒英美。

「沒辦法立射啊……魔法射擊和實彈射擊不一樣，能夠確保視野的立射最容易打靶就是了。可以跪射嗎？坐著瞄準很難耶。」

「以空間來說可以跪射。不過實際上能不能在行駛的時候跪射，大概要看練習的成果。」

「唔呃……應該不會翻船吧？」

英美難為情地蹙眉詢問，達也沒立刻回答，而是看向久美子。

「國東學姊認為呢？」

「在行駛的船上跪射？這樣有翻船的危險……」

久美子這番話使得英美更加愁眉苦臉。

「那就先練習別翻船吧。」

即使如此，英美也沒對達也這個提議表達不滿或反對。

這場討論十多分鐘就結束了。達也匆忙趕往下一場會議，梓回學生會室辦公。房內剩下久美子與英美之後，久美子伸個大懶腰，放鬆力氣靠上椅背。

「啊～好緊張。」

「國東學姊，妳剛才很緊張嗎？」

當事人都這麼說了應該是沒錯，但久美子在達也面前展現的「文靜少女」相當有模有樣，英美懷疑現在大剌剌的這個樣子才是裝出來的。

「叫我小久。」

「那個，可是……」

剛才明明說「哪天改變想法」再說，現在卻突然要求用綽號叫她。這樣的學姊，令英美難掩困惑。

「抱歉，現在這樣叫我好嗎？不然我覺得肩膀沒辦法放鬆。」

英美實在無法理解這種反常理論，不過從久美子的表情判斷，英美很難抗戰到底。

「……那就『小久學姊』吧。」

這是英美最大的讓步。

「唔～算了，就這樣吧。」

好不容易獲准，英美在心中鬆了口氣。為什麼非得為這種事傷神？她感到一絲不講理。

「所以小久學姊，您剛才很緊張嗎？」

英美再度詢問，久美子「啊哈哈哈……」地害羞笑了。

「我不擅長和男生打交道。」

意外的告白令英美臉色一變。

「啊，不對不對！」

久美子從英美想後退的動作得知她誤會了什麼，連忙搖動雙手。

「並不是喜歡女生之類的！我不太擅長面對暴力或好戰的人，尤其面對氣勢凌人的男生時，我身體會縮到沒辦法好好說話。」

「……不好意思。」

英美聽完久美子的告白，以嚴肅表情謝罪。

「怎麼突然這樣？有發生什麼要道歉的事嗎？」

「不，請別在意。」

魔法師少女對於暴力抱持過度的恐懼。這不是罕見案例。而且追根究柢都是相同原因。

英美知道，久美子誕生於沒有魔法能力與魔法師血統的家庭，是突變的魔法師，也就是俗稱的「第一世代」。也知道忌憚暴力的魔法師常見於「第一世代」的女性，而且這種心態大多反映少女時期的經歷。英美的父親是「第一世代」，基於這個隱情，她對這種事的熟悉程度應該勝過同學，甚至勝過學長姊。

這不是他人可以隨口提及的事。

「小久學姊是和平主義者啊。」

「『和平主義者』聽起來挺氣派的……但我其實甚至不想參賽。如果我像小梓那樣，具備能在後勤派上用場的技術就好了。」

「所以學姊和會長的交情才會這麼好啊？」

「嗯，不過，我的個性沒她那麼嚴重就是了。」

「講這種話沒問題嗎？」

英美與久美子相互露出惡劣的笑容。

共犯的同理心大幅拉近兩人距離。

「不過，司波同學不是會毫無理由就用氣勢壓人的男生啊。」

大概是這份親切感使得英美說出這番話吧。英美對達也為人的熟悉程度不足以為他辯護。與其說是幫達也說話，比較像是為了緩和久美子不擅長和達也打交道的心態。

不是因為英美對達也抱持特別的好感。久美子對此也沒有誤會或曲解。

「嗯……我想，應該正如妳說的吧。畢竟小梓就算怕成那樣，到最後還是很依賴司波學弟的樣子。看妳們二年級女生親近他的程度也知道他不是壞人。」

「親近……？」

相對的，久美子突然朝著出乎意料的方向解釋，使得英美陷入輕微的恐慌。英美驚慌失措想反駁卻不知道該怎麼說，最後被逼得啞口無言，久美子無視於這樣的她，聊起往事。

「不過，看過橫濱的那個之後就……」

英美的意識頓時切換。

久美子說的應該是去年論文大賽的事。英美有私事沒辦法去加油，結果幸運沒被那場騷動殃及。所以關於那天橫濱國際會議中心發生什麼事，以及達也做了什麼事，英美只有耳聞。不過，達也當時的「活躍」，光用聽的就震撼無比。

（聽說他空手接子彈，還砍掉游擊兵的手臂。）

（我當然不認為真的是空手，應該用了某種魔法。）

（聽說三高的吉祥寺真紅郎推測可能是「分子切割」。這好像是USNA軍的機密魔法，但問題不在這裡。）

（是他毫不留情切斷游擊兵手臂的果斷態度。）

（很恐怖。我確實也會怕，可是……）

「可是，他不是壞人喔。」

英美以笑容回應久美子。知道達也本性的人，大概會猛烈回以「妳被騙了！」的吐槽吧。

◇　◇　◇

七月十四日，星期六。因為段考而中斷的九校戰備戰練習，從這天重新開始。

第一高中後方的野外演習場，有一條整體上是橢圓形的蜿蜒水道，直到去年，「衝浪競速」

的練習都在這裡進行。新項目「操舵射擊」也使用這條水道練習。除了緊急狀況，若要在校外使用魔法，原本必須辦理複雜又麻煩的手續，所以在校內練習是理所當然。

野外演習場的水道並未設計成「操舵射擊」的賽道那麼立體，但這邊的水道較長又寬。在這條水道的急轉彎處，由香澄擔任射手的一年級搭檔朝著肩膀以上露出水面，就這麼漂浮在水上的久美子與英美投以愧疚視線，經過一旁。

「艾咪學妹，沒事吧？」

這條水道深三公尺，當然踩不到底，但英美她們穿著救生衣，不用擔心溺水。加上已經是盛夏，泡水也不會感到冰冷——雖然這麼說，不過穿著衣服屢次落水絕對不是舒服的事。

「是，我沒事。」

英美朝著同樣浮在水道上的久美子回答「沒事」，但差不多開始感覺難熬了。英美和短髮的久美子不同，頭髮是豐盈的長髮。不只是衣服，紅寶石般光澤的紅髮也吸滿水，變得很重。

（原來頭髮變重，心情真的也會跟著沉重啊……）

這段對於練習不順的喪氣話，英美賭氣不說出口。因為她知道即使沒說出來，光是內心在想就會愈來愈氣餒。即使如此，英美還是探出無從隱藏的一口氣，游向翻覆的小船。

後來又翻船一次，載著英美的船才終於抵達終點線＝起點。

英美從水道上岸，以魔法乾燥頭髮與衣服時，在階梯狀上船處（兼下船處）迎接的達也前來搭話。

「艾咪，辛苦了。」

「咦，司波同學？」

出發時目送英美等人的是梓。依照今天的預定，達也和梓換班的時間應該更晚一點。

「已經換班了？」

「和業者那邊的聯絡好像出了問題，會長被找去協調。」

「真辛苦啊。」

不過聽完原因，英美只冒出這種感想。

「還好啦。不過，看來這邊也陷入苦戰了。」

英美這邊也同樣「辛苦」，不能當成不關己事一笑置之。

「啊哈哈，算是吧。」

不，反倒是到了這種程度只能笑了。英美的心態達到了這樣的境界。

雖然今天是第一次練習跪著駕船，但短短一圈就翻船四次，讓英美相當沮喪。朝達也露出的笑容也無精打采。

「沒辦法像是騎馬那樣嗎……」

達也這句無心的低語也加重消沉情緒。英美的精神狀態就是如此悲觀。

「哎呀～就是說啊。只不過，如果在馬背上擺出跪射姿勢，應該一下子就會摔倒了。」

即使如此，愁眉苦臉低著頭也不是自己這種個性會做的事。英美如此心想，笑嘻嘻地以特別輕浮的語氣回應。

「那用什麼姿勢行得通？」

不過，達也似乎不想配合她這場自虐戲碼，一臉正經地反問英美。

「咦？『什麼姿勢』是指？」

「馬在跑的時候，用什麼姿勢不會從馬背上摔下來？」

為了無法理解問題意思的英美，達也再度仔細詢問一次。

英美理解了達也這麼問的意圖，將手放在下巴，誇張地歪過腦袋。

「你這麼問是排除正常騎在馬鞍上的姿勢對吧？唔……如果不提馬戲團那種特技騎法，我只知道『側騎』、『兩點式』還有『猴式』。」

「種類意外地少啊。我知道『側騎』，另外兩種是怎樣的騎法？」

「『兩點式』簡單來說就是站著騎，屁股離開馬鞍馭馬的騎法，用在跨欄障礙賽。『猴式』是賽馬選手在馬背上變成前傾姿勢的那種騎法，這樣講聽得懂嗎？」

「是那個啊……『猴式』是雙腿跪在馬鞍上吧？」

「我沒試過，不過好像沒跪在上面喔。騎手只踩在馬蹬上，膝蓋是用來維持平衡的。」

「原來如此……艾咪，妳雙腿跪著可以瞄準嗎？」

「咦，不確定耶。」

英美在腦海模擬達也臨時想到的點子，自信缺缺地表示可以。

「我想應該沒問題，但為什麼這樣問？」

這時候問「為什麼」出乎達也的預料，但他也沒有煩惱該怎麼回答。

「在船上不要單腳跪，改用雙腳跪著瞄準怎麼樣？我想這樣姿勢應該比較穩定，視線高度也差不多。」

「……要怎麼做？」

大概是想嘗試卻抓不到那種感覺，英美就這麼單腳踩在船上，抬頭詢問達也。

「雙腳平均往兩邊張開，用膝蓋抑制船的晃動……對，就是這種感覺。」

英美維持這個姿勢，左右晃動霰彈槍造型的ＣＡＤ。

「嗯……應該可以。我用這個姿勢再試一次看看。」

「嗯，拜託了。也麻煩國東學姊了。」

久美子聽完默默點頭，坐到英美前方，轉頭以眼角餘光向達也打招呼。

緊接著，船緩緩離岸。

「這是以前汽艇賽的騎法耶。」

經過第一個彎道時，久美子就這麼看著前方向英美搭話。

這個彎道比較平緩，但是船明顯比剛才穩定。

「汽艇賽？」

「咦？艾咪學妹，妳不知道嗎？那個也叫作『賽艇』。」

「不知道。」

雖說目前速度仍有刻意壓低，但英美有餘力和久美子交談。在剛才那一圈，只有落水後才做得到這種事。

「據說戰前有一種賭博是拿小型單人汽艇競賽。就像是賽馬的馬用汽艇代替那樣。」

「喔～原來有那種賭博競賽啊。」

「而且，依照以前文獻的檔案，選手在小船上是打開雙腿正坐。」

「原來如此，和我現在一樣。難道說，司波同學早就知道汽艇賽的事了？」

「很難說。感覺不像。不過既然有這個可以當範本的前例，這麼做應該合理吧？」

「說得也是。學姊，請試著加速看看。」

「收到！」

久美子一鼓作氣提升船速。

兩人繞水道一圈回到起點時，頭髮與衣服都沒濕。不，並不是完全沒濕，但僅止於濺到水花，至少沒有落水的痕跡。

「你看你看！連一次都沒落水喔！」

「嗯，才一圈就突飛猛進呢。」

英美一臉「怎麼樣！」的表情跑過來，達也回以像是有些失笑的笑容，看向依然在船上的久美子。

「國東學姊用那種姿勢駕船沒問題嗎？」

「嗯……視野不太好。」

久美子一如往常，在達也面前判若兩人。不過達也也不是千里眼，所以一直認為久美子是「個性文靜的女學生」，不在意她這種在某方面來說算是冷漠的態度。

「果然會這樣……」

「操舵射擊」的雙人競賽是一人控船、一人打靶。這時會有問題的，就是兩人的視野。兩人坐成直排的狀況下，舵手坐前面會擋到射手瞄準，射手坐前面會害舵手看不見路線。

第一高中的雙人船為了解決這個問題，舵手坐的前座設計得比較低，射手坐的後座比較高。

舵手是以下半身埋入船身的形式坐船，射手視線被舵手身體擋住的問題因而解決。但因為舵手視線位置變低，視野難免變得狹窄。

「正式比賽的時候，第一圈是試跑，第二圈是計時賽。可以在第一圈確認賽道狀況，所以即使看不遠，應該也不需要這麼神經兮兮……我和會長討論一下吧。」

達也似乎已經有腹案。並非不服輸，而是平淡告知的這副模樣，真要說的話確實可靠，但他究竟在想什麼？英美雖然不是直接的當事人，也感覺有點不安。

英美還記得第一次接受達也「調校」時的震撼（也可以說是恐懼）。她甚至認為自己或許一輩子都忘不了。

明明是在接受ＣＡＤ調校，卻感覺自己成為白老鼠——應該說好像對方當自己是俎上肉，仔細思考要怎麼料理的感覺。

彷彿看透己身一切的眼神。

不是穿透衣服被看見裸體那麼簡單。

皮膚內側、肌肉、內臟、骨骼、細胞、基因，如同建構己身的要素被看得一清二楚。

不只是魔法演算領域的特性，彷彿己身的底層、己身的本質都被分析。

藉此調校完成的ＣＡＤ，會從自己體內激發出明顯超越己身極限的實力。

不，是超越己身「直到昨天」的極限，得知「真正」的極限。

英美在從格爾迪家的奶奶接受「魔彈塔斯蘭」的指導時，經歷過類似的感覺。達也調校的CAD使用起來的感覺，近似奶奶強行將魔法植入她身體的指導。因此（這麼說或許是藉口）去年的「冰柱攻防」，英美在預賽就精疲力盡了。

「精速射擊」造成的疲勞沒消除，獲得亞軍太興奮所以前一天沒睡好，這些都可以列為體力用盡的理由。但是英美確定精力消耗到即使不是那種形式也得在決賽棄權的原因，在於達也的CAD。她在晚餐席上提到「CAD的調校，就某種意義來說是暴露自己的內側吧」，這不只是在講泛論，也是基於達也的調校而說的。

這次或許輪到久美子成為俎上肉了。

（……國東學姊的工程師是中条會長，應該沒問題吧？）

就算接受達也的調校，也沒有什麼損失，能使用達也調校過的CAD反而是幸運的事。去年英美雖然體力不足，相對的也獲得超乎實力的好成績，怎麼想都是利遠大於弊。

即使如此，英美還是難免擔心久美子可能成為新的白老鼠。

◇　◇　◇

七月十五日，星期日。學校不用說，當然沒上課，但在距離九校戰不到一個月的現在，選手們都到校勤於練習。

英美與久美子這對搭檔當然也有來練習。「操舵射擊」的練習機會特別少，因此她們和單人賽選手跟新人組、男子組一樣，一大早就聚集在野外演習場的水道。

「兩位早安。」

水道起點設置了更衣室兼淋浴室兼休息室，梓在這裡等待兩人前來。她還是老樣子，即使對學弟妹打招呼也這麼客氣。

英美與久美子都有預先得知今天上午是梓，下午是達也輪值，所以看到是梓迎接她們也不感意外。引起英美她們注意的是梓手提的小硬殼箱。大概是三明治餐籃那麼大。

「會長早安。」

「小梓早。話說回來，那是什麼？」

英美是學妹，因此以禮儀為優先，但久美子沒理由遲於滿足自己的好奇心。

「這個？請看。」

「？」

梓將硬殼箱遞到久美子面前。看來是要她在聆聽說明之前先親眼確認。

被氣勢壓過的久美子接過箱子。第一印象是比預料的輕。這個箱子表面看來是輕量合金製，不過似乎是樹脂材質。

內容物也是輕巧的小東西。

「眼鏡？護目鏡？」

箱子裡是眼鏡型的護目鏡。但是和一般眼鏡不同，鏡架根部兩側有安裝一公分見方，五毫米厚，像是小型攝影機的物體。

「啊，難道是眼鏡型的導航？」

「猜對了～不愧是小久。」

梓拍手說。

「噹噹～！這個導航裝置的構造是這樣的，在第一圈練習的時候，眼鏡兩側安裝的攝影機會拍下賽道，正式比賽的第二圈就會在眼鏡顯示導航路線，算是一種盲點監測系統。」

「小梓，妳在對誰說明？」

梓誇張的肢體動作，以及氣勢強到不像是只對兩人說明的語氣，使得久美子如此吐槽。

「嘿……嘿嘿嘿……」

梓只是笑著掩飾，看起來沒有畏縮，肯定是因為在場的都是能夠以平常心面對的同性朋友與學妹。即使是同性，如果對方是真由美或摩利，就不能這麼輕鬆了。

「總之只要有這個，看不清楚賽道的問題就解決了。『操舵射擊』是各組輪流上場，沒有對手同時出賽，所以只要知道賽道接下來是什麼樣子就好。」

此外，語氣之所以比較客氣，並不是因為說明對象除了久美子以外還有英美，而是因為梓進入了講解模式。

「確實，只要知道賽道長什麼樣子，駕船就沒問題了。」

「畢竟依照規則，即使撞飛水面的靶子也沒關係嘛。」

「可是，這樣不會違規嗎？」

久美子提出這個理所當然的擔憂，梓露出「等妳這麼問等很久了」的表情。

「『操舵射擊』對於機械的限制，僅止於必須使用無動力的水面運輸工具。沒有規定不能使用導航裝置。」

聽到這個回答，久美子以一臉得知隱情的表情點了點頭。

「喔喔～所以，這個點子是妳想的嗎？」

「唔……其實是司波學弟想的。」

「果然。因為鑽規則漏洞不是妳的思考風格。」

「可是可是，導航系統是我組裝的喔！司波學弟除了提供基本概念，我都沒找他幫忙！」

「是喔……不過，這種說法就像是哥倫布的蛋吧？」

「是沒錯啦！」

梓鬧彆扭撇過頭，久美子則笑著安撫她。

英美看著這幅光景，有種掃興的感覺。不拘泥於魔法，為了求勝不惜利用任何能利用的工具——英美認為這很像達也會有的心態。然而對於久美子的要求，達也提供的不是令人嚇破膽的魔法，而是只要想得到，任何人都能準備的電子機器，這一點違背了英美的期待。

（……真是的，我在期待什麼啊？）

英美對於自己的想法有所自覺，對自己感到傻眼。因為她明明昨天才擔心久美子可能成為新魔法的白老鼠，內心深處卻期待見識到令人驚奇的新魔法或高階魔法。

（再說，就算被要求在戰術編入新魔法，辛苦的也是選手嘛。）

對於達也來說，新魔法的構想或許是可以輕易浮現在腦海的東西。但是距離正式比賽不到一個月了，要在這麼短的期間學會新魔法，正常只能說是魯莽的行徑。回憶去年的事就可以理解到這一點。

（連雫也說她都好不容易才學會動態空中機雷，所以聲子邁射學得不夠完整。就算是司波同學，也不會亂來到隨便就拿出新魔法吧。）

（若只用熟練的魔法就能勝利，當然會比較穩。我也必須只靠手邊現有的牌來努力。）

英美如此說服自己，上船準備開始練習。

「應該需要一段時間適應導航裝置，第一個小時專心練習航行吧。」

「收到。」

坐在前座的久美子點頭回應梓的指示。

「航行沒問題的話，再加入射擊練習。明智學妹也沒意見吧？」

「知道了！」

在後座雙腿跪好的英美充滿活力地回應，船也在同一時間出發。

◇　◇　◇

俗話說「過了喉頭就忘了燙」。實際被「燙」過都是如此了，所以只在心中想過的決心或許是虛幻又脆弱的東西。

「司波同學，救我～」

至少英美已經忘了半天前「只用現有戰力戰鬥」這個決心。

「求救得真突然啊。艾咪，妳遇到什麼困難？」

下午的練習開始沒多久，從水道上岸的英美一看到達也就向他哭訴。達也看向英美背後，發現久美子正掛著苦笑，以單手擺出拜託的手勢。

「站著說話靜不下心，進去說吧。」

達也決定在休息區聽英美說。

「基本上，狩獵是追捕一具獵物的運動。」

「嗯？……唉，應該吧。」

英美劈頭就拿出這個難以看清脈絡的話題，達也暫且先如此附和。

至於英美之所以不是形容為「一隻」而是「一具」，是因為越野機械車取代兔子或狐狸之類的生物，被用來當成「獵物」。

「『精速射擊』雖然會同時出現複數標靶，但因為視野固定，所以不會那麼混亂。」

「換句話說，妳在煩惱標靶太多無法好好處理？」

「一點都沒錯！司波同學，我只講那樣你就聽懂了？」

英美驚聲說。久美子也訝異得睜大雙眼，但達也認為有點大驚小怪。只要搭配「操舵射擊」的性質來思考的話，光靠剛才的對話，就足以理解射手英美在煩惱什麼——不過這是以達也的基準來說。

「司波同學，能不能想想辦法？」

英美從桌面探出上半身，以央求般的眼神訴說。她現在無疑在期待達也拿出可以輕鬆解決問題的「新兵器」或「祕密兵器」。

「我有準備對策。」

但是不提英美心態的改變，達也早就預測英美應該會為了多重瞄準而苦，因此也已經擬定好應對方案了。之所以沒有一開始就提出這個方案，是考量到學習新魔法的負擔。他認為如果不必使用新魔法就了事，那當然是最好。

「咦，已經有對策了？」

調度裝備讓選手獲勝，是達也被賦予的工作。英美露出這麼意外的表情，讓達也深感意外，但他沒將這份心情寫在臉上。

「等我一下。」

達也說完進入更衣室，提著像是長方形手提箱的物品回來。

不用說，手提箱的內容物當然是CAD。如同將步槍槍身截短的這個形狀，和英美現在練習使用的CAD相同。

「這個CAD搭載了霰彈型『無形子彈』的啟動式。」

「咦咦！」

「『無形子彈』？」

突然大叫的兩人使得達也蹙眉。

「……為什麼驚訝成這樣？國東學姊也是，我覺得這樣驚訝過頭了。」

「不對不對不對不對不對！」

久美子咄咄逼人。她難得收起臉上的笑容。不只如此，她似乎也暫時忘記自己不太敢面對達也（應該說面對男學生）。
「會嚇到吧？這很嚇人吧？這當然會嚇一跳啊！」
久美子用力轉身，英美朝她大幅點頭。
「所以說，有什麼好驚訝的？」
「『無形子彈』不是利用始源碼的高階魔法嗎？」
「這確實是要求高超技術的魔法，不過啟動式是公開的啊。」
「就算啟動式公開，也必須理解記述內容，否則沒辦法配合魔法師調校吧？所以到現在還只有吉祥寺真紅郎本人能使用，不是嗎？」
久美子的主張，是眾人普遍相信的說法。達也不介意矯正這個迷思。
「『無形子彈』這個魔法沒有普及是因為用途有限。這魔法的效果只是讓指定位置產生壓力而已，無法直接變更對象物體的狀態。所以無論在戰鬥或是非戰鬥用途，能有效活用這個魔法的狀況都很有限。雖然在學術面極具意義，但只要走出實驗室，使用其他魔法的效率比較好。」
兩人聽過達也的說明，頭腦似乎稍微冷靜下來了。
不過，他的解說使得英美內心產生新的疑問。
「那你為什麼想要用這種魔法？而且還是『霰彈型』……居然不惜花費精力改造『無形子

彈』的啟動式……」

「改造啟動式？」久美子如此驚叫，不過對於英美來說，達也這種超乎常理的行徑，事到如今沒什麼好驚訝的。

「當然是因為那個魔法適合用在『操舵射擊』。」

「……是嗎？」

「嗯。只不過，沿用原始版本的效率不佳，所以我改造成了霰彈型……這樣吉祥寺真紅郎會發現嗎？」

達也嘴唇露出一絲微笑。

「司波同學的個性果然惡劣……」察覺這個微笑的英美心想。

◇　◇　◇

西元二〇九六年八月五日，九校戰第一天。

在「操舵射擊」的選手準備室，工程師也完成ＣＡＤ的最終調校，只剩下等選手出賽。

「終於要開始了。老實說，我很想避免第一個出賽，不過既然是抽籤，就沒辦法了。」

抽到這張籤的久美子閉上單眼，在面前合起雙手。

達也見狀感覺「看來國東學姊放鬆得恰到好處」。

「不過，完全不知道別校成績，反過來說，就是沒有數字會造成壓力。以自己的步調輕鬆上場吧。」

達也說完，梓與久美子點頭如搗蒜。

然而這番話主要是說給英美聽的。仔細看就知道，她的腳在微微顫抖。就達也所知，她去年沒這麼緊張。

「艾咪學妹，照平常那樣就沒問題的。」

久美子拍向英美肩膀。

大概也因為達也在看，所以講得很小聲，語氣也很客氣（不是想吸引異性注意，是因為不擅長面對異性，所以沒辦法展現真實的自我），但是這一拍相當用力。

英美發出「嗚呀！」的一聲尖叫向前踉蹌，並在踏兩步踩穩之後，一臉不高興地轉身看向久美子。

「小久學姊，這樣很痛啦！」

「抱歉抱歉，因為妳好像在緊張，一點都不像平常的妳。」

「啊，好過分！不像平常的我是怎樣！我內心很嬌弱的！」

「是是是，妳很嬌弱。」

久美子以假惺惺的語氣回應。「小久學姊！」英美進一步逼近。

此時達也介入了。

「艾咪，看來妳的腳不抖了。」

「咦，啊……！」

即使瞞得過他人的眼睛，也無法欺騙自己，只能移開目光不去正視。英美有確實認知到自己緊張得發抖，所以對於達也的指摘也能立刻自覺。

「大喊之後就分散緊張情緒了嗎？」

「……是嗎？」

英美露出一頭霧水的表情表達疑惑，她身後的久美子則露出「怎麼樣啊！」的表情挺胸——在達也眼中，久美子這個行為和平常的形象不符，但要是對這點有所反應可能會自找麻煩，所以他決定視而不見。

「身為第一項競賽的第一組選手，我可以理解妳為何緊張。不過多拿出一些自信吧。妳的霰彈型無形子彈性能很好。」

「……真的？」

「嗯，真的。」

「這不就是製作啟動式的司波學弟自賣自誇嗎？」久美子在英美身後低語，但達也同樣當成沒聽到。

「艾咪，妳和國東學姊是主角。去讓觀眾大吃一驚吧。」

「沒錯，艾咪學妹，一起華麗地給對手一點顏色瞧瞧吧！」

「……說得也是。」

英美的表情終於回復為原本的開朗。

「嗯，思考失敗之後的事也沒用！一起使出渾身解數創下佳績吧！」

「就是這股志氣！那麼小梓、司波學弟，我們上場了！」

兩人朝達也與梓豎起大拇指，走向已經完成航行準備的船。

「國東學姊的文靜是裝出來的嗎？」達也看著她們的背影心想。

「那是什麼？」

第三高中的總部帳篷裡，以螢幕觀看「操舵射擊」賽道的技術人員驚呼。

「一高……是那個傢伙嗎？又在玩奇怪的伎倆了。」

吸引三高成員目光的東西，是久美子戴的護目鏡。

「那是……附攝影機的導航？」

「咦？這樣沒犯規嗎？」

三年級女後勤人員轉過頭，看向懊悔咬著嘴唇的吉祥寺。

「……關於機械的限制是『必須使用無動力的水面運輸工具』。使用動力裝置以外的電子機器，應該也不會違反規定吧。一高的船像那樣浮在起跑線就是證據。」

一条將輝來到吉祥寺身後，將手放在他的肩上。

「舵手坐在低一階的前座，射手雙腿跪在後方比較高的船板。做法和我們一樣。船也一樣是船身窄而且吃水深的類型。看來你和那傢伙得出相同的結論。」

「將輝……」

「我們學校的選手不必靠機器輔助操舵，所以你也沒有刻意鑽規則漏洞的動機。不過就是如此而已。」

「說得……也是……抱歉，我好像有點計較過頭了。」

將輝看到吉祥寺點頭回應後，將手從他的肩膀移開。

「不提這個，應該注意她們怎麼跑才是。這是每組輪流上場的新競賽項目，一高的跑法值得參考。」

聽到將輝這麼說，不只是吉祥寺，高年級學生也注視起螢幕。

起跑燈號亮了。三個燈全亮，並且熄滅的瞬間，一高的船就全速起跑。

「喔？真快。」

「不過第一圈是練習。起跑再好也沒有意義。」

「記得第一圈不會放標靶吧？」

「沒錯。第一圈只跑賽道……但她們衝得真快。」

「大概是因為第一圈翻船也不會影響記錄吧？我想她們是希望以實際的賽道確認自己的速度極限。」

「這個戰術應該效法。我們也這麼做吧。」

「幸好順位在一高後面。」

「船開得真穩。」

「看來沒什麼用到降低水阻力的魔法。」

「感覺反倒是巧妙利用水流。比起魔法實力，一高挑選選手是以駕船實力優先嗎？」

三高成員在螢幕這一邊冷靜評論一高的駕船實力時，比賽即將進入正式計分的第二圈。

「終於要來了嗎……」

一高的船通過起點線，時鐘開始計時。

緊接著，帳篷裡的三高學生……不對，不只是他們，觀看一高出賽的別校學生與觀眾也不再平靜。

「好快！」

「那是什麼魔法？簡直像是霰彈啊！」

他們驚訝的不是船速，是射手用來接連射中以亂數程式出現的標靶的魔法。

「果然是這樣！看！標靶周圍也中彈了！」

「看起來不像是在發射冰塊。是空氣彈嗎？」

「擴大標靶的部分！」

某人這麼說的同時，吉祥寺也操作起螢幕。

在水面航行的小船模型，被一高的射擊貫穿而沉沒。

這一瞬間的靜止影像顯示在另一個螢幕。

「……不會錯。水面留下霰彈狀的中彈痕跡。」

「沒看到固體或液體的子彈。果然是空氣彈嗎？」

「……不是。」

吉祥寺以隨時都可能開始咬牙切齒的聲音，否定學長姊的推測。

「那是……『無形子彈』。」

一高雙人組幾乎一個不剩地破壞標靶。即使不到百分之百，也可望在射擊拿下極高分數。

然而三高帳篷裡的學生們目光不是集中在勁敵的影像，而是集中在吉祥寺身上。

「真的嗎？不，喬治不可能看錯。」

只有將輝能回應吉祥寺得出的結論。

「嗯，肯定沒錯。而且那不是『無形子彈』的原版。」

「不是原版？」

然而將輝似乎也沒能完全冷靜，無意義地複誦吉祥寺這句話。

「我的『無形子彈』始終是瞄準單點的狙擊型。但一高選手使用的是作用在複數位置的霰彈型。以『循環演算』重複發動霰彈型的『無形子彈』，打造出堪稱霰彈機關槍的彈幕。這樣的改寫適用於沒有脫靶罰則的這項競賽。」

帳篷裡的同學與學長姊都感覺自己聽得到吉祥寺咬牙切齒的聲音。吉祥寺身上的氣息引發這種幻聽。

「……放肆放肆放肆！不只是重現我的『無形子彈』，居然還改造！」

這次連將輝也不知道能對吉祥寺說什麼。

沉默支配三高的帳篷時，螢幕裡的一高雙人組創下遠超過冠軍預測線的時間與分數。

下船的英美，以像是要撲過來的模樣跑向達也。

有鑑於去年的反省，達也沒有向前伸手擋她。

不知道是自制心正常運作了，還是擔心這麼做的「後果」，英美在達也面前緊急煞車。

「成功了，我成功了！有看到嗎有看到嗎有看到嗎？」

相對的，她開始毫不客氣地釋放興奮情緒。

「嗯，當然。艾咪，妳表現得真好。」

「做到了，我做到了！」

「是啊。觀眾與別校成員應該都嚇到了吧。」

「沒翻船！沒翻船就抵達終點了！」

「嗯，是啊。」

差不多快要招架不住英美的達也，看向久美子求助。

不過，久美子也正牽著梓掉眼淚。

「這種時候流淚似乎是女高中生的共通規格……」冒出這種無情感想的達也，在大會工作人員告知要換下一組選手出賽之前，只能靜心忍耐。

◇◇◇

在「操舵射擊」的男子單人賽中，公認穩拿第一的吉祥寺真紅郎錯失冠軍寶座。

跌破眾人眼鏡的這個結果，大多數人分析主要是因為第七高中的妙計奏效。

然而背地裡一直有人主張，吉祥寺失常的原因，應該是前一天的女子雙人賽時第一高中射手展現的「無形子彈」對他造成了打擊。

The irregular at magic high school

我自己就做得到了

西元二〇九六年度的九校戰，在準備階段突然變更競賽項目，將魔法科高中各校參賽人員推落混亂的漩渦。

然而，對於按照新競賽要領開始練習的上場選手們來說，令他們為難的與其說是新項目，更該說是雙人賽的導入。

西元二〇九六年七月七日星期六的放學後，獲選為第一高中「冰柱攻防」雙人賽代表選手的千代田花音心情很差。

不是因為被迫和男友兼未婚夫的五十里啟分頭行動。不對，這也是影響心情的一大原因。不過最大最主要的原因，在於九校戰練習賽的結果。

雖說是練習賽，也始終只是一高內部的練習。形容為「比賽形式的練習」或許比較正確。交戰陣容是花音&雫的雙人組，對抗單人賽代表深雪。在演習樹林深處長五十公尺、寬二十公尺的野外水池進行的這場比賽，現在的戰績是零勝四敗。深雪四勝，花音&雫的搭檔四敗。

目前正在準備冰柱，要進行第五回合的比賽。負責準備的不是後勤成員，是實際參與這場練習賽的選手深雪。

深雪一鼓作氣加熱融化散落在池內的冰塊殘骸，以及上一場比賽使用的冰柱。她不是產生高溫的熱源，而是將冰塊的溫度「設定」為零度以上，池裡因而裝滿冷水。

接著再以移動系魔法將冰水變成二十四根冰柱。移動系魔法是變更物體座標的魔法。指定立體座標，就能同時製造相同大小的四角水柱。

深雪瞬間凍結水柱。在令人驚愕的短短時間內，長寬一公尺、高兩公尺的冰柱就隔著中線等距離排列，兩邊各十二根。

如同以高壓水刀切割出來的光滑表面，以及光看完全看不出差異的相同尺寸。需要堅持到這種程度嗎？花音半傻眼地看著這些冰柱，不禁為深雪的魔法力感到不寒而慄。雖說天賦上適合使用這種魔法，但是深雪瞬間就製作出每根約一‧八三噸重的冰柱，並排列完畢。這究竟需要多強大的魔法容納力與事象干涉力？花音不太能夠想像。光是在腦中描繪塑型與排列所需的情報，腦袋就快當機了。

這項工作是深雪在和花音她們比賽之前進行的，而且後來面對她們大獲全勝。這種事光是發生一次就惹人不高興了，卻連續發生四次。即使當事人不是花音，心情應該也好不起來吧。

「哥哥，準備完畢了。」

「辛苦了。那麼請就定位。」

這句話後半主要是對花音她們說的。深雪已經前往池邊的臺子。那裡是代替「冰柱攻防」選手比賽時所站的高臺（上面平坦，如同祭壇的塔狀構造物）。達也也沒勸深雪休息。

這副態度如同在說不必拿出全力，就足以應付花音。達也與深雪當然都沒這個意思，但花音自己這麼感覺。

不能輸。

這次一定要報一箭之仇。

先前的四回合，深雪保護的冰柱，花音連一根都沒打倒。花音刻意不去思考這個事實，在第五回合燃起更勝於正式比賽的鬥志。

第五回合結束之後，花音徹底鬧起脾氣了。她坐在折疊椅上，板著臉撇過頭，達也要進行練習賽的總結時，她連看都不看一眼。

這副幼稚的態度，也有同情的餘地。第五回合也沒能打倒深雪任何一根冰柱就敗北。五個回合打倒的冰柱數量是零，一敗塗地。從這個結果來看，負責攻擊的花音會擺出彆扭的態度也是在所難免。

深雪與雫就這麼站著，彼此露出「怎麼辦？」的為難表情。另一方面，達也無視於以全身表達不悅情緒的花音，朝她搭話。

「千代田學姊攻擊、雫防禦。我認為這個戰術基本上沒錯。」

不過，達也同樣沒看對方。他一邊調校花音的競賽用CAD，一邊回顧練習賽。

其實這件事也是花音懷抱不滿的原因之一。順帶一提，「這件事」不是指達也沒看她，而是她的CAD由達也負責調校。

在雙人賽，各選手都有專屬的工程師輔助。在「冰柱攻防」女子雙人賽，花音由五十里負責。另一方面，雫的工程師是達也，單人賽選手深雪的工程師也是達也。

單人組加雙人組的三人之中，達也負責兩人，因此「冰柱攻防」女子組的練習由達也照料。就結論上，為花音調校CAD的當然是五十里，不過調校所需的練習期間資料，是由達也收集，再交給五十里。

花音在理性層面也接受這種做法。五十里原本擅長的就是純理論領域，在實踐領域的強項是設計、製作刻印魔法使用的符號。不提啟動式的改良，五十里其實不擅長調校CAD。花音也知道這一點，所以不希望調校工作造成五十里的負擔。

不過，花音無法壓抑沒能和五十里在一起的不滿情緒。她的戀心沒這麼懂事。尤其看到深雪在面前向達也撒嬌的樣子，花音忍不住冒出「為什麼不是啟而是司波學弟啊！」的想法。

「意思是我們不是魔法不如人？那到底是哪裡出錯啊？」

因此她的語氣變得過度冷淡又挑釁。

「不是出錯，是默契練習不足。不過今天是第一天，所以也是理所當然的。」

但是，就算成為花音的出氣筒，達也也不在意，只是制式化地告知該告知的事項。不是因為他成熟，是因為他不在意花音的心理層面。花音的心理層面要由五十里負責照顧才對——他只是不負責任地如此劃清界線而已。

俗話說「喜歡」的相反是「不關心」。如同「愛之深，恨之切」這句慣用語所示，「喜歡」的反面不一定都是「不關心」，但是人們對他人「不關心」自己的敏感程度等同於「厭惡」。達也這個態度令花音更加不耐煩。

「……哪裡不對了？」

花音的語氣變得像豪豬一樣長滿刺，但達也的反應沒改變——完全是機械般的制式反應。

「學姊的魔法發動領域，和雫的情報強化領域稍微重疊了。」

聽到達也這麼說，雫站到花音面前低下頭。

「對不起，學姊，是我的失誤。」

這番話令深雪露出「咦？」的表情看向雫。

就深雪所見，事實完全相反。雫一開始有朝己方冰柱個別進行情報強化，因為花音的振動魔法不只是攻擊深雪陣地，還波及她們自己的陣地，雫才將情報強化的對象從個別冰柱改為己方陣地全體。

但是雫沒對深雪的視線多作反應，達也則點頭回應雫的道歉。

「說得也是。妳應該是為了對抗深雪的領域魔法，才將強化對象擴大到己方陣地全體，不過情報強化果然不應該是作用在整個領域，而是作用在個體的魔法。何況『冰柱攻防』只要還保有一根冰柱就不算輸，所以應該考慮精簡強化對象。」

既然是我知道的事，哥哥不可能不知道——深雪一邊旁聽達也對雫的建議，一邊如此心想。達也恐怕是考慮到花音的心理狀態，才這麼說的。

雫也和深雪做了相同的解釋。再說，雫會向花音道歉也是基於相同理由。

「嗯，知道了。」

所以即使達也的指摘嚴厲過了頭，雫也能率直點頭。她甚至很高興達也感受到她想打圓場的意圖。

平常酷妹形象強烈的雫，肯定是因此才隱約露出可愛笑容，令人聯想到等人撫摸的幼犬。

大概是被這副微笑帶動，達也的嘴角也微微上揚。

深雪立刻掛著笑容擋在雫面前。

「哥哥，不給我一些建議嗎？」

雫沒有表情的臉上透露不快。

達也露出介於微笑與苦笑之間的表情，像是在說自己拿這幾個女孩沒辦法。

「如果妳輸了，我就會給妳建議。但要是放水，就會給妳懲罰。」

「懲罰……我……我才不會故意輸掉，這樣對學姊跟雫很沒禮貌。」

深雪以生氣般的語氣回應達也這番話，但移開視線的雙眼周圍卻稍微泛紅。

與其說是情侶，更像是愛犬和飼主嬉戲的這幅光景（不過達也與深雪說到底也不是情侶，是兄妹）使得花音氣消了。目睹深雪與雫如此親近達也的樣子，花音就暗自苦笑心想「我就忍到正式上場吧」。

達也表現出荒唐態度所造成的憤怒則是另當別論。

◇ ◇ ◇

「真是的，氣死我了氣死我了氣死我了！」

當天晚上，花音闖進五十里的房間，宣洩白天的不滿。

「花音，怎麼了？」

即使是再怎麼心心相印的未婚夫妻，也只有這次完全搞不懂是怎麼回事。所以五十里難免會這麼問。

「啟，聽我說！」

花音似乎也料到五十里會這麼問，如同等很久般地立刻上鉤。

「我被司波學弟瞧不起了！真的滿肚子火！」

「司波學弟？」

五十里疑惑問道。他認識的達也如果不是為了挑釁，不會浪費力氣當面瞧不起人。

「沒錯！是今天練習時的事！」

花音以這句話開場，說明五連敗之後發生的事。

「魔法作用領域重疊是我的問題！我可沒有笨到沒發現自己失誤！以為怪罪給北山學妹，我就會高興嗎？真是太瞧不起我了！」

「……我認為這是司波學弟的貼心之舉。」

「我就是在氣他認為我是只要這樣貼心包庇就會滿足的女生啦！」

「雖然是推測，但我認為他貼心的對象不是妳喔。」

「咦？」

看來未婚夫不是單純在安慰她。感受到這一點的花音一臉不安地看向五十里。戀人出乎意料的反應，使得花音直到剛才的激動情緒驟然冷卻。

「司波學弟是害怕氣氛變尷尬吧？不對，不是這樣。是害怕氣氛尷尬之後拖到練習進度。因為他很在意這次競賽項目變更，導致時間上變得很緊迫。」

如果自己跟雫或深雪之間變得尷尬，會對練習造成負面影響。花音也可以理解達也這個想法。但是五十里站在達也那邊，令花音隱約感到不是滋味。

「在意時程變得緊湊的不只是司波學弟喔。包括我、你、服部同學，還有中条同學也很憂心。不，我認為最擔心時程問題的是中条同學。」

「是啊。」

五十里沒否定花音這番話，也沒有一笑置之。他以非常正經的視線注視花音雙眼，克制脊髓反射的反抗反應說下去。

「不過，最認真思考在新項目跟新規則中的致勝方法的人，應該是司波學弟喔。今年的九校戰，司波學弟負責的競賽項目是『冰柱攻防』女子雙人賽、『冰柱攻防』女子單人賽、『操舵射擊』女子雙人賽、『堅盾對壘』男子雙人賽、『堅盾對壘』男子單人賽、『操舵射擊』男子新人賽、『堅盾對壘』女子新人賽、『幻境摘星』、『祕碑解碼』、『越野障礙賽跑』女子組。總共負責十項競賽、十一名選手。在二三年級共六名技術人員之中，負責的數量首屈一指。我雖然也算多，卻也才六項競賽八名選手。」

「就只差三個人而已啊。」

花音的反駁，五十里一笑置之。因為花音應該也知道這只不過是她故意找藉口找碴。

「所以，我認為司波學弟想盡量以最高效率消化練習進度。妳看這個。」

五十里伸出手，從桌上置物架取出一張電子紙給花音看。

「……唔呃，這麼詳細？」

上面詳細記載花音每次練習賽之後測量的數據資料。

「還沒離開學校，司波學弟就將資料送到我的終端裝置了。我很佩服他整理得這麼好。看過這個，很快就知道該怎麼調校。」

這次花音也沒有雞蛋裡挑骨頭。不擅長魔法工學的她，也知道這麼做只是不服輸。

「總覺得司波學弟著急得太過頭了……但他沒有瞧不起妳，只有這一點可以確定。他這個人不會做這種沒意義的事。」

達也為什麼急著擠出時間？即使是五十里也推測不出原因。現階段他只知道一件事，就是達也非常急於完成九校戰的對策。

總之先這樣解釋，就足以說服現在的花音了。

◇◇◇

七月十五日，星期日上午。經過段考後，眾人從昨天再度開始進行九校戰的練習。花音與雫的搭檔依然一直敗給深雪。

花音有自覺原因在她身上。她的「地雷原」甚至會波及在己方最前列的冰柱，所以雫的情報強化不只是要對抗溫度變化，還要額外分配魔法力對抗振動，因此無法完全防禦深雪原本就在事象干涉力上占優勢的魔法。

在攻擊方面，也至少不再是連一根冰柱都沒擊倒就結束了。五十里設計的振動模式，是將垂直與水平振動複雜交錯，以擊倒冰柱為目的進行最佳化，即使是深雪也沒能完全封鎖。

然而到目前為止，十二根冰柱頂多擊倒三根。花音這邊的冰柱在這時候就會全被破壞。這個速度勝過去年新人賽雫與深雪交戰的場次。雖然深雪也在成長，但雫也不是只維持去年的實力。既然成績比一對一的時候差，無疑代表花音拖累雫。

花音原本就不擅長精密的範圍控制。她的威力、速度與耐力都首屈一指，美中不足的是精確度。這是眾人與她自己都承認的缺點。花音原本不適合雙人賽，但深雪的「冰炎地獄」是單打才能發揮威力的魔法。魔法的威力與速度都是深雪較優秀，所以花音不得不轉為雙人組。

對於花音來說，今年的九校戰從選擇出賽項目的階段開始，就一直是事與願違。

「休息一下吧。」

達也宣布休息。

花音垂頭喪氣，沒有餘力在意學妹的目光。

「千代田學姊，來換個想法試試看吧。」

花音坐在長椅調整呼吸時，達也來到她面前劈頭就這麼說。

「什麼想法？」

花音有看到達也停在自己面前的腳，所以聽他突然搭話也沒嚇到。

「雫也一起聽吧。」

花音抬起頭，雫也在這之前就已經看著達也了。達也開始向兩人說明。

「與其說是請千代田學姊轉換想法，不如說是希望雫轉換想法。『冰柱攻防』的勝利條件是擊倒對方所有冰柱。己方只要還保有一根冰柱就沒問題。」

「是啊。」

花音出聲回應，雫默默點頭。

尤其花音去年就是以這個戰法獲勝。這種事無須重新說明。

「所以，不要再保護所有冰柱了。」

「……意思是捨棄防守？」

這個問題是雫問的。花音冒出「不會吧」的想法，一時之間反應不過來。

「只是一部分，並不是完全放棄防禦。」

「什～麼嘛。」

花音與雫異口同聲地說。連「什～」拉長音的地方都一致，聽在旁人耳裡莫名逗趣。實際上深雪就露出了在忍笑的表情。

「具體來說……」

大概是在意花音與雫的感受，達也面不改色，且就這麼繼續說明作戰計畫。

「情報強化的對象集中在最後列的四根，拋棄前兩列。」

達也看向雫。雫點頭回應達也的視線。

「請千代田學姊別顧慮己方陣地，專心攻打敵方陣地。」

「但我一直以來也是這麼做啊。」

花音以強烈目光看向達也的雙眼。

「那麼，就請更加放手去做。」

達也刻意不退讓。

「——收到。」

其實花音也不確定自己真的可以專心攻擊。她一直在意己方魔法之所以相互干涉是她害的。不過，花音認為既然防禦魔法不會對前兩列冰柱起作用，就不用擔心防禦魔法和她自己的魔法相互干涉。就算她技巧再怎麼不夠細膩，也不會誤炸己方最後列的冰柱。花音有種肩頭突然變輕的錯覺。

「還有，妳們三個不要再一起練習了。」

「哥哥，方便請教原因嗎？」

只有深雪得以回應這個突如其來的提案。不過，看來就算是深雪，這次也聽不懂哥哥真正的意圖。

「雙人賽與單人賽的性質果然還是不同。雙人賽搭檔要是沒能巧妙合作就會產生破綻。這是單人賽沒有的要素。要是習慣抓著雙人賽固有的缺點輕鬆取勝的話，可能會在正式比賽出現意外失誤。」

達也提議變更練習形式，並不只是為了深雪。

「反過來說在雙人賽，尤其在攻擊層面上，抓準對方的默契瑕疵趁虛而入應該是重要關鍵。練習的時候也必須注意這一點。」

這次花音也率直點頭，大概是心裡有數吧。

「那麼，要和男選手練習嗎？」

深雪這個聰穎的問題，引得達也露出微笑點頭。

「嗯，我現在去找他們談。不好意思，我離開一下，請繼續以剛才的戰術計畫練習。」

「好的。」

「嗯。」

「知道了。」

達也微微低下頭，三人以不同的方式回應他。

「男子單人組的工程師是五十里學長，所以今後應該會由我與學長輪流看妳們練習吧。」

達也如此補充之後，便走向準備大樓。

這段話讓深雪露出不滿表情，花音則很現實地心情大好。

◇　◇　◇

七月二十二日，星期日。達也與深雪今天以辦要事為由，預定下午才參加練習。上午，野外水池這裡以五十里為中心，進行著「冰柱攻防」雙人組的練習。

「雫，我來替妳們加油了。」

「啊，穗香。」

穗香是「幻境摘星」的選手，負責的工程師也一樣是達也。雖說沒工程師也能練習，但果然還是會無法進入狀況吧。

水池這裡，後勤成員正在製作冰柱。看深雪製作很簡單，不過像這樣看到其他學生費力製作的樣子，就能清楚了解深雪的魔法力何等卓越。

「狀況怎麼樣？習慣新戰術了嗎？」

穗香問完，雫微微露出苦笑。

如果不是穗香，恐怕不會發現吧。

但穗香非常明白好友的辛苦。

「魔法本身變輕鬆了，卻覺得怪怪的。」

「怪怪的？是指不防守己方冰柱會覺得怪怪的？」

「嗯。雖然我知道和勝負無關。」

「畢竟妳不服輸啊。不喜歡自己的冰柱倒下啊……」

穗香輕聲一笑，雫移開目光。

雫臉色沒有變化，不過在穗香眼中，好友是紅著臉撇過頭。

聊著聊著，冰柱也準備好了。

「各就各位～」

五十里吆喝說。雫從長椅上起身。

「我去練習了。」

「加油喔，雫……話說千代田學姊呢？」

「那裡。」

穗香循著雫的視線看去。視線前方是挽著五十里的花音。

「就算是深雪也不會那樣。」

雫輕聲批評。確實，深雪即使和達也感情再好，也不會公然抱住達也。或許不應該拿兄妹和未婚夫妻比，但是就這方面而言，可見深雪比花音更懂得端莊之道。

不過，情侶甜蜜的模樣並不是只引發負面的情感。

「啊哈哈……我有點羨慕就是了。」

穗香看著花音，真心話脫口而出。

「加油。」

雫給予有氣無力的聲援。

雖然是男生對女生的比賽，不過分開看每一回合的交戰，會發現這項競賽並沒有性別上的差異。之所以分成男子組與女子組，是考量到屢次出賽造成的體力消耗。練習賽不受男女天生條件的影響。

即使如此——

對於男學生來說，這樣的結果也不得不令他們沮喪吧。

「勝利！」

花音洋洋得意地擺出勝利手勢，另一頭敗北的男子雙人組則「嗚……」地咬牙切齒。

「花音，練習的時候不要這樣。」

花音擺勝利手勢的對象不是對手雙人組，是五十里。即使花音生性旁若無人，神經也不會那麼大條。但她依然是在對方面前誇耀勝利。男友五十里也無法否定她缺乏細膩的一面。

「是～」

聽到五十里訓誡的花音縮起頭。但她的表情並沒有因為被罵而變得消沉，反倒像是很開心的樣子。

大概是只要男友肯理會她，不管是什麼樣的狀況都會很高興吧。腦海浮現「笨蛋情侶」這句俗語的人，不是只有具備吐槽屬性的雫。

「雫，辛苦了。」

現在再度進入整備賽場的時間，雫也回到長椅這裡。其實必須擷取ＣＡＤ的資料，但五十里正在專心應付花音。而且……

「好厲害，跟預定的一模一樣。」

就如穗香所說，達也擬定的防禦戰術徹底發揮作用。感覺不需要在達也缺席時紀錄調校用的資料。

五十里也只是說了花音幾句，看起來沒有要著手進行測量或調校。相較於手忙腳亂的男子雙人組選手與工程師，女子雙人組這邊的從容成為了對比。

◇　◇　◇

八月五日，九校戰的第一天。這天進行「冰柱攻防」男女雙人賽預賽，以及「操舵射擊」雙人賽。

「要是競賽時間重疊，就會為五十里學長添麻煩了。」

「不過看來不用擔心這個了。」

一大早的第一高中帳篷中，達也連上大會總部提供給選手團的情報網站，隨後安心地如此低語，五十里也笑著回應他。他們在看今天的賽程表。

達也在「冰柱攻防」負責雫，在「操舵射擊」負責英美。這是基於兩人的強烈要求，但如果英美的比賽和花音&雫的比賽時間重疊，就得拜託五十里輔助花音與雫。

原本無論是「冰柱攻防」或「操舵射擊」，技術人員在比賽時都沒什麼事能做，所以雙人賽也只要一名人員陪同就沒問題了，不過要將自己負責的選手完全託付給別人，達也還是會心虛。如果這個可能性成真，他應該也會覺得羞愧吧。

依照實際的賽程表，英美是早上打頭陣的第一跑者，雫則是第四與第七場次，兩人比賽時間並未重疊。

達也在向五十里知會一聲之後，前往「操舵射擊」的賽場。

目送他背影後鬆一口氣的不是五十里，是雫。

「知道達也學弟趕得上就放心了？」

五十里轉身向後笑著問。

雫沒想到自己的心思被人察覺，害羞地移開目光，輕聲回答「不是」。

「是嗎？我倒是放心了喔。說來見笑，我調校CAD沒辦法像司波學弟調校得那麼好。花音的調校我很熟練，所以沒問題，但這次還要負責妳的，其實我有點不安。因為CAD使用者的魔法力愈高，調教也愈困難。」

「說這什麼話！啟出馬就沒問題的！」

五十里說完喪氣話，花音就重拍他的背。聲音相當響亮，應該很痛，但五十里只是為難地一笑。再說，他也不是真的在說喪氣話，是比較傾向於開個玩笑讓學妹放鬆。但是接受這種粗魯的激勵，反讓他以為「自己在花音眼中也是這樣」，因而感到不安。

「達也同學──司波同學就算趕不上，也沒關係。」

雫不知道想到什麼，對五十里這麼說。

「司波同學的CAD和我契合到不需要在比賽前微調。不然我與明智同學一開始就不會接受他兩邊跑。」

「啊哈哈哈，說得也是。」

雫正經八百地說完，五十里回以一道乾笑。

雫應該是想消除五十里的不安。五十里也是這麼接受她這句話的。

不過雫這番話聽在某些人耳裡，可以解釋成「所以我從一開始就沒期待過五十里學長」，而五十里察覺了這個解釋。

雫沒察覺。

花音也沒察覺。

兩人開始和樂閒聊。

希望兩人就這樣不要察覺。至少在後天決勝循環賽結束前都不要——五十里由衷祈禱。

當「操舵射擊」競賽結束，達也回到第一高中帳篷的時候，「冰柱攻防」女子組還在進行第二場次。

「辛苦了。看來成績不錯。」

剛才以螢幕觀看英美等人賽程的五十里，露出笑容慰勞達也。

「謝謝學長。國東學姊與明智同學很努力。」

梓在達也身後以興奮的語氣加入對話。

「兩人的努力當然不用說，但司波學弟的技術這次也嚇我一跳喔。」

已經結束的競賽就簡短作結吧……達也的這個企圖，因為第三人介入而草草瓦解。

「我知道使用了『無形子彈』，原來搭配『循環演算』會變成那樣啊。簡直是機關槍。」

「『循環演算』的效果也很驚人，但我更驚訝的是將『無形子彈』改為霰彈的做法。『讓某個點產生壓力』是那個魔法式的基幹部分吧？居然可以維持整合性，只能說了不起。」

「還不到『基幹部分』這麼誇張喔。產生壓力的『始源碼』是那個魔法專屬的，不過定義瞄準的部分使用和其他魔法相同的形式。之所以看起來密不可分，是吉祥寺真紅郎的偽裝。」

「咦，是這樣嗎？」

因為聊到不擅長的領域而克制自己不說話的花音，聽到達也這番冷酷的爆料不禁出聲問。

「或許是金澤魔法理學研究所提供的點子吧。公開魔法式的時候，故意將原始魔法式寫得艱深難懂，防止訣竅外流，是頗為常見的做法。」

當時吉祥寺才十三歲，與其說是他自己下手偽裝，比較可能是研究所的長輩主導偽裝。

「原來如此～所以這種鬼點子對司波學弟也不管用是吧？」

梓天真地踩了地雷。

達也之所以沒引爆這顆地雷，純粹是因為差不多該前往「冰柱攻防」的會場了。

今年「冰柱攻防」除了增加雙人賽，還變更了交戰要領。

直到去年都是二十四人進行淘汰賽，前三名進行決賽。

但今年是九隊分成三組，三組各自進行單循環預賽，各組第一名共三隊進行決賽。第一天的今天是在單一場地進行九場循環預賽。

花音、雫的首戰是第四場次。對手是在去年「衝浪競速」結下梁子的第七高中。

那個事件是犯罪組織所為，第七高中就某方面來說也是受害者這一點，已經不是什麼祕密了。關於摩利的意外，花音也知道照道理不應該恨第七高中。

然而道理與感性是兩回事。花音充滿鬥志地面對這場比賽。

「所以……要穿這樣上場？」

五十里一副「妳在騙我吧？」的語氣詢問花音。達也依照去年經驗理解到雫完全是來真的，便抱持死心的念頭欣賞花音與雫款式相同，只有配色不同的服裝。

「沒錯。可愛吧？」

花音說著輕盈轉一圈，木屐發出清脆悅耳的聲響。

兩人的服裝是外出用（在這個年代應該說「慶典用」）的浴衣。

五十里以視線向達也求助。

達也早就知道現在說什麼都太遲了，卻覺得一直視而不見也很對不起五十里，所以還是先開口回應。

「雫，今年這樣看起來真涼快啊。」

「交給我吧……這樣好看嗎？」

「嗯。去年的藍色也不錯，但今年的紅紫色同樣很適合妳。」

「呵呵，謝謝。」

五十里臉上浮現絕望。

花音則是表示「連司波學弟都至少會那樣說耶」，對未婚夫有點不滿。

選手進場引得觀眾席歡聲雷動。這或許是到目前為止氣氛最熱烈的一次。

出現在賽場後方高台的第七高中雙人組，穿著相同款式的水手服。而且不是船員造型，是二十世紀女高中生的造型。上半身是白色短袖水手上衣，下半身是藏青色百摺裙。她們不是選擇看起來涼快的藍色，而是故意選擇藏青色，可以從中感覺到第七高中的堅持——選手們自己的感想就另當別論了。

在對面高台登場的第一高中雙人組，則是穿著配色不同的浴衣。花音的浴衣是深藍底色加上煙火圖樣的成熟風格，雫的浴衣是紅紫底色配上因為同色系使煙火圖樣不顯眼的嫵媚風格。散發季節氣息的正統派路線醞釀出健康的魅力。

一高雙人組與七高雙人組，在外型方面的人氣指數不分上下。

「不過，再怎麼受觀眾歡迎，也完全不會影響比賽結果就是了。」

高台後方是技術人員使用的監控室，在裡面的達也輕聲說出無須強調的感想。其實「冰柱攻防」女子組的這個習慣，似乎也讓他感受到精神上的疲勞。

「既然選手樂在其中，那倒無妨吧？我認為九校戰也需要這種『玩樂』的部分喔。」

五十里則是煩惱過度，已經進入了某種悟道的境界。

「喔，看來終於要開始了。」

豎立在賽場兩側的燈號桿亮起紅光。

等到燈光變成黃色，接著變成藍色的瞬間，比賽就開始了。

達也與五十里都沒有繼續拌嘴，注視著選手的背影與賽場。

燈光變化了。

變成黃色。

然後變成藍色。

震耳欲聾的聲音襲擊比賽會場。

約一．八三噸重的冰柱崩塌的聲音。

是七高陣地最前列的冰柱往後倒，撞到其他冰柱後折斷的破壞聲。

一根、兩根、三根，七高的冰柱接連倒下。

七高搭檔也不是就這麼坐視己方陣地的冰柱倒下。

倒下四根時，八根冰柱以最後列中央為中心，全部聚集在一起。

「原來如此，用這招啊。」

五十里的低語聽來老神在在。將冰柱聚集在同一處，確實就不易倒下。

「不過在花音的『地雷原』面前，這步棋不是好棋喔。」

花音如同聽見了五十里的聲音，增強事象干涉力。

七高將八根冰柱合為一體，完成防禦態勢，接著便轉為策動攻勢。

一高的冰柱接連倒下。

一根、兩根、三根。完全沒有受到抵抗的跡象。

一高加油席發出哀號。

七高加油席響起歡呼。

哀號夾帶著「是出意外了嗎？」的聲音。

歡呼夾帶著「太幸運了！」的聲音。

然而七高的猛攻，在打倒第八根冰柱的時候驟然停止。

第九根沒倒下。

一高陣地最後列的四根冰柱動也不動。

戰況突然產生變化，讓確信自己占壓倒性優勢的七高搭檔慌了。

七高負責防禦的選手轉為攻擊。

即使如此，還是無法穿透雫的情報強化。

而且說來湊巧，花音的魔法也在這一瞬間完成。

「他們大意了。不對，是求勝心切。」

達也的低語點出七高搭檔的心理。

「這樣就贏了。」

五十里的呢喃是察覺花音已經完成魔法。

花音的——千代田家的拿手魔法「地雷原」。

透過地面，賦予固體強烈振動的魔法。

這種劇烈振動隱含的能量，足以輕易破壞冰塊等級的強韌度。

將冰柱集中在一起的戰術，在花音眼中只是將靶子整合到單一位置。

七高的陣地劇烈震盪。

千代田家的「地雷原」不是將地面前後搖動或左右搖動的魔法，是產生上下波動的魔法。這是讓地面出現的凹凸以短週期輪替，使得上方承載物產生扭曲，進而損毀的術式。

集中在一起，合計十四．六噸重的冰柱，只能短暫承受這樣的振動。

所有冰塊隨著特別響亮的一陣轟聲碎散。

片刻之後，比賽結束的訊號聲響起。

花音轉身露出滿面笑容，朝五十里擺出勝利手勢。

她身旁的雫，則悄悄朝著達也豎起食指與中指。

「冰柱攻防」單循環預賽第二場面對五高的戰鬥，一高也是留下四根冰柱速戰速決。

至此，別校成員也掌握第一高中女子雙人組的作戰了。

「第一場的那個也是故意的嗎……」

在第三高中的帳篷，過度注意達也動向的一条將輝對吉祥寺真紅郎這麼說。

「是啊。在『冰柱攻防』，只要己方冰柱還保有一根就不算輸。雖然這麼說，但以結果來看並不是留下四根，而是一開始就捨棄八根……真是大膽的作戰。」

吉祥寺以隱約缺乏活力的聲音如此回答。在「操舵射擊」女子雙人賽，第一高中的射手在首場計時賽熟練使用「無形子彈」的改造版，使得吉祥寺受到打擊，至今還沒回復。

「那個傢伙……不，一高為什麼採用那種作戰？」

「『為什麼』是指？」

精神活動停滯的吉祥寺，沒能理解將輝這個問題的意圖。

平常的吉祥寺不會這麼遲鈍。感到疑惑的將輝回答好友的疑問。

「縮減防禦對象，藉以增加各對象的防禦力，確實地留下一根以上的冰柱。乍看像是合理的作戰，但這是魔法力不夠保護全十二根冰柱的選手會採取的戰法。守方將魔法力集中在四根，代表攻方也將魔法力集中在這四根就好。依照分散風險原則，與其只保護四根冰柱，保護十二根冰柱比較好。從去年的實際成績來看，北山選手明顯擁有足夠的魔法力這麼做。」

將輝腦中浮現的，是將去年會場氣氛炒熱到頂點的那場深雪與雫的「冰柱攻防」女子新人賽決賽。那場比賽中，雫在表面上成功戰勝深雪的「冰炎地獄」。為了打倒雫，深雪也被迫打出「冰霧神域」這張牌。

當時雫可以一邊攻擊深雪的冰柱，一邊承受「冰炎地獄」的攻勢，所以將輝認為在可以專心防禦的雙人賽，她不可能無法保護十二根冰柱。

「確實……沒錯。」

吉祥寺思索的時間不長。只要大腦開始運轉，他的思緒就快速又敏銳。

「你說得沒錯。一高的戰術不是考慮到負責防禦的北山選手魔法力不足，問題在於負責攻擊的千代田選手。」

「可是，究竟是什麼問題？一高的千代田是去年的冠軍耶。」

吉祥寺毫不思索就回答學長提出的疑問。

「千代田選手使用的魔法，是千代田家的家傳絕技『地雷原』。是透過地面給予振動並破壞固體的術式。這個魔法是讓地面震動，就這個性質來說，要精密指定效果範圍的難度高到堪稱不可能。一高的戰術恐怕是要防止『地雷原』和防禦用的情報強化相互干涉吧。」

「原來如此。」

詢問吉祥寺的三年級男生點頭回應。

這次是另一個學長詢問吉祥寺。

「就算有這個缺點，千代田同學的那個魔法也具備威脅性。為了戰勝一高，我們得在『地雷原』破壞這邊的冰柱之前破解北山學妹的防禦，有什麼好方法嗎？」

吉祥寺露出令人感受到自信的笑容點頭。

「有喔。我想到一個好作戰了。對於負責防守的佐久間學姊來說，要使用的魔法不會太難，所以我想就算現在準備也來得及。我會在明天之前準備好計畫跟啟動式。」

「是嗎？不愧是吉祥寺學弟。」

三年級女學生稱讚吉祥寺，反觀將輝則是投以擔心的眼神。

「沒問題嗎？喬治，明天是『操舵射擊』的單人賽，你要正式上場吧？」

「沒問題的，將輝。這次我一定要挫挫他的威風。」

吉祥寺對將輝笑著表示不用擔心，搖了搖頭。

◇　◇　◇

八月七日下午，「冰柱攻防」女子雙人賽循環決賽。

打進決賽的是一高、二高與三高組。

至今兩場比賽是一高一勝、二高兩敗、三高一勝。

下一場一高對三高的比賽，將決定「冰柱攻防」女子雙人賽冠軍。

「上午的男子組冠軍被三高拿下了。雖然『堅盾對壘』男子雙人賽由本校奪冠，但最好不要繼續被三高拉開積分，所以希望妳們務必打贏這場比賽。」

在一高的準備室，五十里難得以精神論激勵他人。

「我當然是這麼打算的。下一場比賽絕對要贏！」

基本上以熱情為原動力的花音，用力點頭回應五十里。

「那麼關於作戰，千代田學姊這邊沒有變更，請和上一場比賽一樣專心攻擊。」

達也以跟五十里語調成對比的冷靜語氣開口。

「交給我吧！」

「拜託學姊了。接下來是雫，妳的作戰要做點改變。防禦對象從最後列四根，改為最後列的四根以及中列兩側共六根。座標資料已經寫入啟動式了，應該不必特別在意這個變更。」

「交給你處理就好。」

雫完全沒有因為臨時變更戰術而慌張。如她自己所說，今天的比賽她全盤信賴達也。

「還有，把這個藏在袖子裡。」

達也說著交給雫的東西，是短版的手槍造型ＣＡＤ。是去年新人賽也使用過，搭載「聲子邁射」改良型魔法式的演算裝置。

「？」

「要讓北山學妹也參與攻擊？」

雫露出不解表情微微歪過腦袋，旁邊的花音講話帶刺。達也將「聲子邁射」用的ＣＡＤ交給雫，意味著他判斷光靠花音的攻擊力可能不夠。花音當然會不太高興。

「三高可能會玩一些小伎倆。我認為就算這樣，由千代田學姊自己應付也沒問題，但我不想花時間破解。因為以吉祥寺真紅郎的能耐，可能會準備連我都沒想到的策略。」

達也以此作為開場白，說明他預測三高會使用的「小伎倆」。

聽完他說明的花音毫不掩飾傻眼表情，但還是答應讓雫使用「聲子邁射」。

一高組與三高組在高台對峙。花音與雫是人氣指數持續飆高的浴衣造型。反觀三高組是軍事風格的立領服裝加頭帶，好像幹勁會氾濫出來一般。

「三高看起來相當有自信。吉祥寺學弟果然藏了幾招吧？」

「不可能毫無策略吧。因為我們也一樣。」

「說得也是。」

五十里說完失笑。

「吉祥寺是否能超乎司波學弟的預測呢？」

五十里的獨白不是擔心，而是暗藏期待，達也對此並不是沒有自己的想法。

但他沒能吐槽。

不是因為五十里是學長，是因為比賽開始的燈號亮起來了。

從紅色到黃色。

從黃色到藍色。

這一瞬間，熟悉的巨響撼動觀眾席。

兩隊冰柱接連倒下。

對於一高來說，這個發展正如預料。

對於三高來說，這個發展令人意外。

「中列的冰柱為什麼沒倒！」

「是修改了防禦魔法的架構嗎？還是一樣愛耍小伎倆！」

在三高的帳篷裡，一高中列兩側的冰柱擋住攻擊這個事實，引發了驚叫聲。

「不成問題。這種程度的狀況還在預測的範圍內。」

吉祥寺以冷靜聲音安撫慌張的學長姊。

「監控室，選手看起來慌張嗎？」

『沒問題。她們早就聽你說過會變成這樣。』

監控室的技術人員以沉穩聲音回答吉祥寺透過通訊機問的問題。

「不愧是喬治，你早就料到那傢伙會變更啟動式了嗎？」

「畢竟去年也中過這一招。」

吉祥寺以老神在在的語氣回應將輝的詢問。

「不過，這種程度完全不會影響我們的作戰。只要一根根破壞就好。」

「將北山學妹的情報強化打穿了嗎……三高果然難對付。」

雫第七根冰柱粉碎的瞬間，五十里自言自語地呢喃。

「敵方魔法是振動系『無炎加熱』、發散系『融解』、加重系『破城槌』。面對干涉力比己方強的魔法師，若要破解對方的情報強化，一般的做法是頻繁切換不同系統的魔法撼動結構，她們的戰法忠於這項基本原則。」

「既然忠於基本原則，換個說法就是這種做法既正統又有效率。不過對司波學弟講這個或許是班門弄斧吧。」

「不，我反倒深有所感。因為我為了彌補魔法力的不足，總是愛走偏鋒。」

「是嗎？但我覺得你的作戰非常合理。實力遠勝於對方的時候，硬碰硬是最短捷徑。你說過的這段話讓我豁然開朗。因為我總是拉著花音，避免她全力衝刺。」

「但我認為去年的『冰柱攻防』就是用盡全力的表現了吧？」

「那次是因為我被花音逼的。」

就在五十里苦笑的這時候，雫的第八根冰柱折斷了。

即使如此，達也他們依然不慌不忙。

「花音還要再兩根嗎……好，不曉得司波學弟的預測會不會命中。你認為呢？」

「如果對方就這樣『正常』防禦，會比較容易解決。」

達也這種自我中心的說法，引得五十里不禁笑出聲來。

「剩下兩根嗎……對方剩下四根。」

「果然演變成艱困的局面了。雖然不必動用這招，當然是再好不過……」

將輝輕聲說完，吉祥寺以不堪的語氣回應。

緊接著，三高帳篷內響起哀號。

在螢幕裡，三高的第十一根冰柱倒下。

而且，最後一根冰柱浮到半空中，只有底面其中一角接地。

觀眾席議論紛紛。五十里聽著這樣的聲音發出笑聲。

「好厲害！司波學弟，你好厲害！居然真的和你說的一樣！」

三高最後一根冰柱浮到半空中，只有底面其中一角接地。看起來像是體操選手單手倒立。

「『冰柱攻防』的規則，禁止將冰柱給完全抬到空中。那麼換句話說，只要任何一處接觸場地就好。」

「而且必須是以『面』接觸地面的物體，花音的『地雷原』才能發揮足夠的效果。因為以『點』豎立的物體只會承受到上下振動，不會產生扭力。不愧是『始源喬治』，以這個策略對付『地雷原』可以給滿分。不過也只是對『地雷原』而言。」

「看來吉祥寺真紅郎不是處於最佳狀態。他應該不是會看漏這種單純盲點的人。」

達也嘆氣這麼說的同時，也看到雫左手從右側袖口取出手槍造型的ＣＡＤ。

內藏的啟動式是「聲子邁射」。但不是以ＣＡＤ的前端為起點，而是能在任意座標設置發射點的改良型。

以超高頻振動量子化而成為熱線的聲音，出現在三高陣地中央附近一個不會被倒塌冰柱妨礙的地點，並從那裡以水平軌道射向冰柱唯一和地面接觸的頂點。

即使是雫的「聲子邁射」，也無法瞬間從正面貫穿冰柱。

但如果只是要融化冰柱頂點，甚至不需要花費一眨眼的時間。

三高的冰柱失去和地面的接點。

這一瞬間，「以單點接觸地面豎立」的魔法定義出現破綻。

以不自然狀態豎立的冰柱立刻失去平衡。

結果只有一個。

冰柱轟然作響倒下。

現場響起比賽結束的訊號聲。

會場內有線轉播的螢幕，映出開心牽手歡呼的兩名浴衣少女。

吉祥寺一臉難以置信的表情僵在螢幕前。

「……喬治，那個……」

將輝尷尬搭話的聲音成為導火線。

吉祥寺站起身，不顧一切地跑出帳篷。

將輝不知道該對好友的背影說些什麼。

「嘿嘿，勝利！」

回到準備室的花音，朝五十里投以洋洋得意的笑容與勝利手勢。

「優勝。」

雫在微笑的同時舉起右手。

抓著浴衣袖口的右手，也擺出看起來有點不好意思的勝利手勢。

八月七日，九校戰第三天結束時，第三高中還領先第一高中一百分。

不過許多人公認第一高中在直接對決的這場「冰柱攻防」女子雙人組決賽獲勝，成為他們隔天開始反攻的狼煙。

The irregular at magic high school

搶眼大作戰

【1】

西元二〇九六年度九校戰將近的七月二十二日，星期日。

黑羽文彌與亞夜子這對雙胞胎姊弟造訪四葉本家。

此行的目的，是向真夜報告關於十師族九島家祕密研發魔法兵器的調查結果。文彌沒有直接參與這次的調查，但是父親貢執行別的任務沒空，他才會代替父親陪亞夜子過來。

真夜聽完亞夜子的報告似乎很滿意。她出言慰勞之後叫兩人別拘謹，以放鬆的表情（不是指她至今沒放鬆，是指她現在處於工作之外的休閒模式）邀兩人享用茶點。

以前的君主似乎會端出明顯有下毒的茶點看臣下是否敢吃，藉以測試忠誠心，但真夜不會做這種沒意義的事，文彌他們也不擔心會有這種事。兩人伸手拿茶點的動作有點躊躇，只是因為對於真夜親自邀請感到惶恐。

文彌他們就像這樣，實在稱不上是處於放鬆狀態。看到兩人這副涉世未深的樣子，不能說真夜沒因而冒出想惡作劇的心態。

「這麼說來，九校戰快到了吧？」

「是的。」

文彌以隱含緊張的聲音，回答真夜的問題。不，與其說是緊張，反倒應該是警戒吧。

「你們兩人也會參加九校戰吧？」

「是的，姨母大人。」

亞夜子稱呼真夜「姨母大人」，是真夜主動要求的。雙胞胎的父親黑羽貢是四葉真夜的表弟，正確來說，真夜並不是亞夜子的「姨母」。亞夜子面對外人時，也是將真夜稱為「當家大人」或「真夜大人」。

真夜也沒要求文彌稱呼她「姨母」，卻要求文彌扮裝（男扮女裝）時這麼稱呼。由此看來，或許是因為女生叫「姨母大人」聽起來比較可愛。

「我們兩人都會參加新人賽。」

只不過，亞夜子自己已經習慣分別使用兩種稱呼，不再覺得突兀了。

「新人賽？但是以你們的實力，我認為應該參加正規賽……」

真夜的言外之意是「以第四高中的水準來說，更應該如此」，文彌與亞夜子都有正確理解到這一點。

「可是，我們參加正規賽的話，或許會有點搶眼過頭……」

「我們是這麼想的，所以用暗示的方式希望校方讓我們參加新人賽……」

換句話說，第四高中內部也有人提議將兩人用在正規賽。大概是透過暗中斡旋，才迴避了這個結果。很像是諜報專家——黑羽家兒女會做的事。

「請問這樣是多此一舉嗎？」

文彌戰戰兢兢地詢問真夜。一旁的亞夜子也繃緊肩膀。

「雖然不是多此一舉，不過……」

真夜一副稍微思索的樣子。文彌與亞夜子屏息等她說下去。

「我想想。參加新人賽也無妨吧。」

原本就挺直背脊坐正的雙胞胎，以像是吞了一根棒子般直挺挺的姿勢僵住。兩人還無法像達也那樣背靠椅背「抗拒」真夜的命令。

「文彌、亞夜子，在九校戰不必放水，全力以赴吧。」

文彌與亞夜子原本都打算在聽到真夜命令的下一秒回答「遵命」。

但是實際上……

「啊？是。」

文彌是這個反應。

「好的……可是這麼一來，應該會太搶眼吧？」

亞夜子比文彌好多了，但還是回答得極為支支吾吾。這也是在所難免，父親貢對她（不只是亞夜子，也包括文彌）灌輸了對於四葉家當家的忠誠心。四葉家要處理很多不能見光的工作，黑羽家負責的是其中更深邃、黑暗的部分。

黑暗中的黑暗。正因為非法性質強烈，所以必須絕不背叛。考量到文彌與亞夜子的立場，徹底灌輸「服從當家」的觀念也是理所當然。

反過來說，這次的命令就是如此意外，兩人即使被灌輸強烈的服從心，也不得不反問。

「妳說的對，亞夜子。如果你們拿出真本事的話，搶眼程度應該不會輸給去年的深雪或是達也吧。」

「當家大人，這是您的目的……嗎？」

文彌問。

「嗯，沒錯，文彌。」

真夜嫣然一笑，點了點頭。

「今年七草家的兩個小千金應該也會參加新人賽，七寶家長子也同樣會拚命試圖表現自己吧。在這個時候，『可能和四葉家有關』的你們要是華麗地大顯身手，注意深雪或達也的目光也會分散吧？」

聽真夜說到這裡，兩人都理解了她的意圖。

「小女子知道您的想法了。」

然而，理解與接受是兩回事。

「可是這麼一來，或許會影響到今後的任務……」

照常理判斷，亞夜子的論點比較正確。諜報員出名不是好事。

「這妳不用擔心。」

不過，真夜沒講明自己真正的意圖，一語駁回亞夜子的中肯論點。

「現在只管在九校戰好好大顯身手就好。我也很期待你們的表現。」

「是，我們會努力。」

「我們會致力回應您的期待。」

文彌與亞夜子不用相視就能以內心相通，接下了真夜的命令。

◇　◇　◇

真夜目送文彌與亞夜子離開之後，便搖響桌上的手搖鈴。

隨即傳來敲門聲。大概是因為應該被鈴聲叫來的對象就在隔壁房間待命吧。

「進來。」

「打擾了。」

回應真夜聲音開門的是葉山管家。

「葉山先生，事不宜遲，請聯絡貢先生。」

「遵命。請問是為了那件事嗎？」

「嗯，沒錯……啊，等一下。」

真夜叫住行禮後準備離開的葉山。

「還是由我直接說吧。請轉接過來。」

「是，夫人。」

葉山操作放在房間角落的古典風格語音通話機聯絡貢。

電話立刻接通。看來黑羽貢也不能無視於真夜的號碼打來的電話。

葉山以電話簡短交談之後，就將話筒恭恭敬敬地遞給真夜——即使是古典設計，話筒依然是無線的。

「喂？」真夜接過話筒一開口，一個善於逢迎的聲音就在她耳際響起。

『喔喔，美麗的表姊，小犬小女又犯了什麼錯嗎？』

「不，他們漂亮完成職責了。」

『這樣啊，那太好了。既然如此，請問今天有什麼要求？』

「在這之前，貢先生，不能偶爾接個視訊電話嗎？」

『關於這一點，屬下個人也深感遺憾。無法欣賞表姊閉月羞花的美貌令屬下何其扼腕，但畢竟正在執行任務。』

「貢先生，雖然這麼說我很過意不去，但你只要講最後一句就可以了。」

『真嚴厲。所以，請問您打電話過來有什麼事嗎？』

貢終於改為公事公辦的語氣，所以真夜也切換了心態。

「是關於令郎令嬡的事。」

貢停頓片刻才出聲回應。

『……知道了。屬下立刻安排。』

這段停頓陳述了貢的內心想法。

「貢先生，我知道你有所不滿，但我認為這對於令郎令嬡是好事。」

『屬下沒什麼不滿，但您說「好事」的意思是？』

這樣的反抗不像黑羽貢的作風。以貢的立場，如果只是拿文彌與亞夜子當墊背，他應該也不太會反抗吧。但想到這麼做是為了某人，他就無法老實接受。

「我認為將令郎令嬡用在諜報現場太可惜了。」

『可惜？』

「文彌的魔法可以癱瘓對方卻不造成任何傷害。亞夜子的魔法不只能幾乎完全藏匿自己的身影，還能作用在己方。不覺得他們這輩子只當個諜報員太可惜了嗎？」

『但屬下認為兩人的魔法適合用在諜報工作。』

「是嗎？總之，我只是希望在我當家的時候，可以讓他們嘗試各種不同的事情。」

貢沒有回應。既然真夜拿出當家權限，他就無話可說。

「這次想拜託的事情也是其中一環。我想你可能會有些不服氣，但還是麻煩您了。」

『別說什麼不服氣，屬下不敢。屬下會遵照您的命令安排。』

「麻煩你了，貢先生。」

真夜對貢的回答感到滿意，將話筒交給葉山。

「葉山先生。」

「是，夫人。」

葉山將話筒放回通訊機，回到真夜面前。

「文彌與亞夜子這件事，貢先生是接受了，但我想他實際上仍然抱持反對態度吧。」

「意思是可能草率行事？」

葉山這個問題引得真夜苦笑。

「這個嘛，他應該不會因為這樣就造反，不過有可能會放水。所以葉山先生，請檢查傳聞的動向。」

「夫人要屬下觀察黑羽閣下的工作表現？」

「是的。請你觀察傳聞滲透的速度，如果沒有按照預定傳開的話，請告訴我。」

「遵命。」

葉山恭敬地點頭。但他的話還沒說完。

「可是夫人，屬下認為黑羽大人的擔憂是理所當然的。」

葉山突然開始建言，使得真夜蹙眉。

「貢先生的擔憂……？你這是在說什麼？」

真夜不是裝傻。她心裡真的沒有底。

「自稱黑羽的人可能出自四葉家系這個傳聞傳開，或許會影響到黑羽大人今後的活動。因為黑羽大人在許多場合使用本名。」

因為知道這一點，所以葉山不是再三建言，而是以告知己身擔憂的形式提醒真夜注意。

「喔，是這件事啊。」

真夜臉上露出理解的神色。

「確實多少會變得不方便行動吧。不過這在我的計算之中。」

然而這張表示理解的表情，是因為葉山的指摘在她預料之內。

「牽制黑羽大人的活動也是目的之一？」

「因為最近有過度依賴貢先生他們的傾向。要是沒交付工作給其他分家的人，實戰的直覺會變鈍吧？」

從權力平衡的觀點來看，總是過度依賴黑羽家不是好事。葉山行禮表示同意真夜的說法。

◇ ◇ ◇

亞夜子與文彌姊弟當天就從四葉本家回到住處。晚餐後，兩人在弟弟房間一起苦思。

「用『直結痛楚』果然不好吧？」

「順利讓人以為是『幻衝』，就可以用了吧？」

兩人煩惱的是「可以使出全力到何種程度」。

真夜命令文彌與亞夜子「在九校戰使出全力」，但兩人都沒有將這道命令照單全收。他們明白「使出全力」不等於「公開所有底牌」。

不提達也的「雲消霧散」這種被當成軍事機密禁用的例子，在九校戰這種有外人在看的地方，不少魔法師會隱藏自己的王牌魔法。「珍藏的壓箱寶」很有可能在關鍵的時刻從「珍藏」變成「壓箱寶」。

比方說在九校戰，克人直到最後都沒展現「攻擊型連壁方陣」。七草真由美沒展現會令敵人陷入缺氧狀態的「乾冰雹暴」，渡邊摩利別說「童子斬」，連「壓斬」都沒施展過。

不提克人，真由美與摩利基於參賽項目的性質，本來就沒什麼機會使用絕招。然而就算女子組也有男子組「祕碑解碼」那樣的競賽，兩人依然不會使用「乾冰雹暴」或「童子斬」吧。因為魔法並不是只用在競賽上。

「反過來說，只用『幻衝』會缺乏臨門一腳對吧？真夜大人期待我們華麗地大顯身手，所以是不是應該將『直結痛楚』偽裝成『幻衝』，巧妙交錯使用兩種魔法呢？」

「直結痛楚」堪稱專屬文彌的魔法。朝對方精神直接賦予痛楚的系統外精神干涉系魔法，表面上確實近似發射想子波令對方誤以為「被打」或「中彈」的魔法「幻衝」。「幻衝」利用錯覺令攻擊對象認為自己受創，相對的，「直結痛楚」則是直接讓攻擊對象的精神感受到痛楚。雖然系統完全不同，卻同樣是以沒有「實際作用於肉體的現象」，就能造成痛楚的魔法。

「說得也是……」

「那麼文彌就要練習連續發動『幻衝』了。」

亞夜子說的這句話，令文彌嘆了口氣。

「但我不太擅長無系統魔法……」

「別奢求了。」

亞夜子一掌拍向發牢騷的弟弟背部。

文彌發出呻吟。

拍打力道看起來不是很強，不過大概相當用力吧。

「你還有魔法能用就不錯了啊。像我根本不知道要用什麼魔法才能讓當家大人滿意。」

對外固定使用「小女子」這個高雅自稱的亞夜子，在家人面前是自稱「我」。亞夜子以符合這個自稱，頗具女孩氣息的語氣如此抱怨。

「在九校戰裡，『極散』無處可用，『瞬間移動』也規定禁止使用……」

亞夜子的牢騷過於中肯，文彌不知道該如何回應。如姊姊所說，「極散」在九校戰沒有用處。在指定領域將任意氣體、液體、物理能量的分布平均化，導致無法識別的魔法「極致擴散」，通稱「極散」。主要用途是讓自己或同伴發出的聲音無法識別；讓反射的光線不會被敵人感應到，進而被發現，換言之就是用在祕密行動。在「祕碑解碼」或許派得上用場，但「祕碑解碼」是男生專屬的項目。何況「派得上用場」與「可以使用」是兩回事。

此外，亞夜子擅長的另一個魔法「瞬間移動」，正確來說是「疑似瞬間移動」，也是不能在九校戰使用的魔法。這個魔法直接被規定禁止使用。「疑似瞬間移動」是以空氣之繭包覆自己或己方搭檔，再中和慣性，瞬間經由真空通道移動的魔法。這個高速移動手段可以用在「幻境摘星」，但因為真空通道被認定會妨礙其他選手，所以實際使用的話會被判犯規，失去參賽資格。

「對了！」

文彌想到這裡，突然用拳底敲向手心，一副靈光一閃的樣子。

「簡單來說，就是製作真空通道這點會違反規定。但如果是一邊將行進方向的空氣『擴散』一邊跳躍，就不會犯規。」

聽完文彌的點子，亞夜子一臉抗拒地板起臉。

「文彌……『疑似瞬間移動』刻意製作真空通道，是因為即使加入這道多餘的工序，也比較容易完成這個魔法。再說『擴散』是將分布平均化的魔法，所以行進方向的空氣必須被術士身上的空氣繭加壓提升密度才能發揮功用。你這麼做和正常推開空氣跳躍沒有兩樣。」

「那不是更好嗎？」

但文彌受限於自己的想法，沒有好好面對亞夜子的不滿。

「如果不使用特殊魔法就能展現實力，肯定會很搶眼！」

「或許是這樣沒錯啦……但我擅長的是瞬間移動，並沒有特別擅長跳躍。」

「沒問題的。就算真空通道消除了空氣阻力也還有慣性。瞬間移動這個魔法的關鍵，不就是移動魔法與慣性中和魔法必須迅速同步嗎？就算有空氣阻力，也沒有女高中生跟得上姊姊的移動速度。大概連深雪姊姊也做不到吧。」

亞夜子眉頭一顫。「深雪也做不到」這句話令她的對抗心態抬頭。

雖然文彌沒這個意思，但是以結果來說，他按到最能激發亞夜子幹勁的穴道。

「說得也是……你說的也有道理。我試試看吧。」

亞夜子絕對不是很好哄騙的性格。

「沒錯。如果是姊姊就做得到。」

反倒是即使是雙胞胎，卻能不經意慫恿亞夜子到這種程度的文彌，才應該令人畏懼吧。

◇◇◇

比起能夠反映在九校戰成績的戰鬥用魔法，第四高中重視的是具備高度技術性意義的複雜多工序魔法。會這樣的主要原因很單純，因為第四高中是在第三高中之後設立的。三高標榜尚武的校風，比起一高與二高，更為主打實作（實戰）型的魔法教育，因此接下來設立的四高就半自動地採取對照性的方針。

不過，四高學生在戰鬥方面絕對不比別校學生遜色。具備技術人員傾向的學生確實偏多，但他們說到底也只不過是重視魔法的科學技術層面。

「將『疑似瞬間移動』改造成不會犯規嗎……」

「會很難嗎？」

「不，總歸來說只要弄成即使不製作真空通道也能減少空氣阻力就行了吧？做得到喔。」

被亞夜子找來商量的三年級男學生挺胸保證。不能說他沒有想對可愛學妹展現長處的念頭，但是比起這種心態，更重要的是他憑著四高的志氣，不能在技術改良的領域說出「做不到」這三個字。

「哇！真不愧是鳴瀨學長！」

「喔……嗯。交給我吧！」

即使被亞夜子捧得心花怒放，四高學生的驕傲應該也是挑戰精神的泉源。

順帶一提，這個「鳴瀨學長」——鳴瀨晴海是雫的表哥。雫的母親，也就是晴海的阿姨——舊姓鳴瀨的北山紅音是道地的武鬥派魔法師，但晴海自己是志願走技術路線的高中生。他在四高的實技成績也是頂尖，因此也會以選手身分在九校戰上場。但是老實說，晴海自己是想以工程師的身分參加，因此他積極協助改寫學弟妹的啟動式。

真夜賦予「搶眼任務」隔天的星期一，亞夜子就像這樣找到了執行任務的助手，但文彌是自己絞盡腦汁摸索。

話說回來，文彌是個美少年。而且是男扮女裝就可當成「美少女」的可愛型美少年。大概是發育較慢，所以個子也比較矮，且即使接受嚴格訓練，手腳也沒變粗。

「黑羽學弟，可以再多多依賴我們一點喔。」

「好的，謝謝。如果遇到什麼不懂的地方，請讓我請教一下。」

「嗯，真的別客氣喔。」

在學姊眼裡，文彌的外表會激發保護慾，應該說忍不住就想找他打交道，而文彌從剛才就像這樣被女性技術人員搭話。

受到這般寵愛，對於文彌來說並不愉快。他的目標是成為達也那樣酷帥可靠的男性（這是文彌的主觀），被當成吉祥物非他所願。

就算這麼說，文彌也不會冷漠應付學姊，他沒這麼幼稚。不，他在這方面是超齡的成熟。他會親切面對示好的女生，同時以果斷態度拒絕援手。要是愛理不理地拒絕，女學生之間應該會對文彌產生反感，但這名美少年面帶笑容客氣應付每一人。這份果斷的態度反倒博得好感，建立了「意外具備男子氣概」這樣的山頭。

雖然和任務沒有直接關係，但文彌與亞夜子都在四高內逐漸提升自己的「搶眼指數」。

◇　◇　◇

九校戰已近在眼前的七月底。以住在關東、東海地區的魔法師為中心，開始傳出了一個奇妙的傳聞。

十師族四葉家。世界最強魔法師之一——四葉真夜當家掌權，公認是日本最有力魔法師集團之一的家系。然而根據地無人知曉，除了四葉真夜之外的成員也是個謎。

不過，罩著神祕面紗的四葉成員曝光了。正確來說是得知某個姓氏的家系似乎和四葉家有血緣關係。據傳「黑羽家」有著四葉的血統。

在魔法相關人士之間流傳的情報，只有「黑羽」這個姓氏。至於全名、藏身處、表面上的職業、婚姻狀況、是否有子女等等，細節完全不得而知。這也格外引起眾人的興趣。

「黑羽學妹，妳該不會和四葉有關係吧？」

如此詢問當事人（因為正在調校ＣＡＤ，所以不是真的面對面詢問）的鳴瀨晴海，堪稱是膽子很大的少年吧。傳出那個傳聞之後，第四高中就蔓延著極力避免對文彌與亞夜子提到這個話題的氣氛。

他卻在這時候問這個問題。周圍正在工作的學生們也停手豎起耳朵。

「你猜錯了喔。」

亞夜子笑著否定晴海的詢問。他們只被允許讓人認為「黑羽亞夜子可能和四葉有關」，出現「黑羽亞夜子和四葉有關」這個傳聞超過了容許範圍。

豎耳聆聽的學生們掛著期待落空的表情回頭工作。但晴海並不是只問這一句就罷休。

「真的無關？但你們的魔法怎麼看都是十師族水準啊。」

晴海把目光從手上的CAD移開，抬頭和亞夜子四目相對。

亞夜子露出甜笑，看向晴海雙眼。

「晴海學長，很榮幸您這樣稱讚。小女子也想成為了不起的魔法師，就像是號稱匹敵十師族的鳴瀨紅音小姐那樣。」

亞夜子的精湛回應，令晴海露出苦笑。

「她現在是北山紅音就是了。」

晴海個人頂多只能這樣回應。

「說得也是。恕小女子失禮了。」

即使考量到晴海是高中生，他這樣挑語病也是不太穩重，但亞夜子的笑容完全沒打折扣。

「不，問了奇怪的問題，我才要道歉。」

晴海也沒鬧脾氣，將目光移回手上的CAD。

亞夜子與文彌就像這樣在第四高中內巧妙周旋，將兩人和四葉家扯上邊的臆測也因而迅速降溫。不過在社會上，「黑羽家是四葉家分支」的傳聞已經確實擴散了開來。

這麼一來，到處打聽想確認傳聞真假的人也會愈來愈多。姓「黑羽」的人在國內並非多到隨處可見，卻也沒有少到稀奇的程度。

然而「姓黑羽的魔法師」人數就不算多。如果想徹底清查，也只要敢花錢就做得到。而且不少人認為四葉家相關的情報值得不惜成本取得。

「姊姊。」

「嗯……今天也有。」

結束九校戰練習後走出校門的文彌與亞夜子，很快就察覺有人跟蹤。已經連續第三天了。兩人前天知道自己被監視的時候還會緊張，不過到了第三天只覺得「又來了」。

「今天會是誰呢？」

「可能是哪裡的記者吧。藏身手法很粗糙，看起來也沒和別人聯手。」

亞夜子以滿不在乎的語氣低語，文彌也以不耐煩的聲音回應。

兩人缺乏緊張感不只是因為習慣了，也是因為跟蹤者技術不佳。

「是記者大人啊。他們究竟是想做什麼呢？」

「姊姊的媒體偏見又開始了……雖然我很想這麼說，但今天我也有同感。明明無論我們是什麼身分，也應該和政治、經濟或文化都沒什麼關係才對。」

「大概是『民眾有知的權利』這樣吧？但我不知道善良百姓們，是否真的想知道我們的事就是了。」

兩人一邊輕聲咒罵，一邊走向最近的車站。反正即使從校門跟蹤也只能跟到車站。因為搭乘電動車廂的時候得指定去處，基於這個系統，一旦上車就不可能繼續追下去。

兩人自以為應該如此，但這想法有點天真。文彌與亞夜子都過度低估了「記者的熱情」。

兩人一進入車站，就有匆忙的腳步聲從後方接近。是本應悄悄跟蹤的對方跑過來要留住文彌他們。被纏上就麻煩了。同時如此判斷的姊弟倆加快腳步走向驗票閘口，但前方也有兩名推測也是記者的中年男性接近。肯定是一開始就打算在車站採訪，所以預先埋伏。

搭電車上學的四高學生一定會利用這個車站，所以這是稱不上巧思的確實手法。那麼，在後方跟蹤的男性應該是要在發現文彌他們不是搭電車通學的時候，負責聯絡同伴吧。

文彌與亞夜子轉頭相視，接著突然一個直角轉彎，拔腿就跑。從前方接近的記者（暫定）也匆忙跑起來，但文彌他們快得多。何況姊弟倆的目的地就在附近。文彌與亞夜子氣喘吁吁地（當然是裝出來的）跑進車站的派出所。

派出所並非空無一人，正中兩人的下懷。普遍設置街道監視器之後，派出所數量也減少了，不過都市的車站還是有設置。即使如此，派出所還是經常因為警員外出巡邏而關閉，但今天兩人運氣似乎很好——原因當然也在於早晚的上下學時間容易發生治安問題。

派出所警官一看到四高以白袍為設計靈感的制服就下意識地板起臉。不愧是被分發到魔法科高中生所使用車站的派出所的人，雖然水準不高，但這名警官也是魔法師，還是四高的校友。所以關於學弟妹們和非魔法師市民鬧出的糾紛，他平常就格外感到厭惡。

但他一看到兩人，尤其是亞夜子的臉蛋，這份厭惡感就逆轉了。應該用不著說原因吧。為了以防萬一補充一下，警官是年輕男性。

「不好意思，巡查長先生！」

亞夜子用求助語氣說道，在年輕警官心中確立「他們無疑是受害者」的構圖。不是稱呼「警察先生」而是正確稱呼「巡查長先生」這個階級（職位）也留下良好印象。

「怎麼了？」

考量到亞夜子的容貌，年輕警官應對的語氣比平常溫柔也是在所難免吧。此外，文彌也不安地反覆轉身往後看，這個演技也從側面支援了亞夜子的形象作戰。

「有陌生男人追過來……我們差點被包圍……」

不安地稍微含淚是重點。

「畢竟不能擅自使用魔法……沒有魔法的話，我們還……」

亞夜子說完，文彌在她身後不甘心般補充說。隔著衣服來看，文彌的體格嬌細到會誤認成是女生，為他的說法增添說服力。

「知道了。交給我吧。」

警官臉上洋溢正義感，走出派出所。

文彌與亞夜子在警官背後悄悄互使眼神，目送他的背影。

派出所外面傳來警察和記者（暫定）爭論的聲音。記者（暫定）頻頻大喊「報導自由」，但文彌他們即使是魔法師，也尚未成年。而且三名記者（暫定）都是中年男性，文彌是美少年，亞夜子是美少女。目擊姊弟倆跑進派出所的旁觀群眾也出言批判記者（暫定），甚至有人向警官表示願意作證。

記者（暫定）似乎終於明白形勢不利，突然放低姿態哈腰鞠躬，逃往驗票閘口。

〔2〕

在原本的準備工作以外也勞心勞力，明天終於要出發前往九校戰會場的八月二日晚上，文彌與亞夜子接到真夜的新指令。

「……要在九校戰的賽前宴會，和達也哥哥做『首次見面』的問候嗎……」

「並不是很難的指示。箇中用意也很好懂。」

在兩人為就讀四高而租借的住處客廳裡，文彌唸出行動終端裝置收到的命令內文，坐在正對面的亞夜子也看著自己的終端裝置如此回應。

「是啊。」

文彌也贊成「用意很好懂」這段話。文彌他們姓「黑羽」這個可能和四葉家有血緣關係的姓氏。讓參加宴會的人看見文彌他們和達也是初次見面，這麼做的用意應該是想讓大家認為達也和文彌他們毫無關係，也和四葉家毫無關係。

「不過，我們能創造出可以自然打招呼的狀況嗎？不只學校不同，達也哥哥又是技術人員，就算參賽也是正規賽，但我們是新人賽。旁人反而會懷疑我們為何刻意去找達也哥哥吧？」

文彌以左手五根手指插入自己的髮間納悶，亞夜子見狀輕聲發出老神在在的笑。

「但我認為不會很難啊。」

「姊姊，妳有什麼好點子嗎？」

文彌的聲音帶點懷疑，但亞夜子沒有不高興。

「交給我吧。」

看到亞夜子充滿自信的態度，文彌決定交給姊姊處理。亞夜子從外表看來，給人的印象經常是喜歡花俏的感性少女，實際上她確實好勝，卻也是正經、理性又負責的少女。文彌對此非常清楚，亞夜子的這一面也數度在出任務的時候救過他。姊姊肯定有什麼可以假裝素昧平生地和達也接觸的好點子吧。文彌如此判斷之後，便換了個話題。

「話說回來，用在『幻境摘星』的魔法完成了嗎？雖然可能不是該在今天問的問題啦。」

文彌問完，亞夜子露出傻眼表情。

「這確實不是今天該問的問題喔……明天就要出發參加九校戰，怎麼可能沒完成？再說，如果我回答『還沒』，你打算怎麼辦？」

「哪能怎麼辦……只能由我好好努力？」

文彌自己也知道這個問題問得不是時候，回答得有點尷尬。

相對的，亞夜子聽完弟弟的回答之後咧嘴一笑。

「是喔……看來你很有自信呢。」

「我當然和姊姊一樣啊。任務會確實完成，而且就算不是基於任務，既然參賽了，就一定要勝利。只不過是目標從『低調勝利』變成『高調勝利』罷了。」

文彌表情像是在提防姊姊會對他說些什麼，但還是口齒流利地清楚回答。

「『幻衝』與『直結痛楚』的搭配已經練熟了？」

「不成問題。」

文彌點頭說。堅定的態度甚至令人誤會是虛張聲勢。

看到這樣的弟弟，亞夜子露出溫柔微笑。這不是對雙胞胎弟弟毫無顧慮與客氣的笑容，而是又有些巧妙不同的，身為姊姊的柔和微笑。

「我放心了。」

文彌也露出放鬆下來的笑容。

「我也是。」

兩人開始討論明天要帶什麼東西出門。

◇　◇　◇

九校戰賽前宴會開始一陣子了，但第四高中的學生依然聚集在會場一角。

四高在歷屆九校戰中都固定是爭奪倒數名次。他們對於己身魔法的自豪不輸別校，但還是會感到畏縮吧。

亞夜子在這群人之中相當搶眼。這也是難免的吧。魔法師大多外貌出眾，但亞夜子具備的華麗氣息在俊男美女之中也引人注目。別校學生也不時偷看她的臉，想找機會過來搭話。

然而，不巧的是亞夜子並不想以這種方式搶眼。她主動搭話的男學生，是同校三年級的鳴瀨晴海。

「不好意思，鳴瀨學長，冒昧請教您一件事。」

正在和同學說話的晴海，聽到亞夜子突然搭話頗為驚訝。

「黑羽學妹，突然找我有什麼事嗎？」

「是的，這樣像是在挖人隱私，小女子有點過意不去，但鳴瀨學長有親戚就讀一高吧？」

亞夜子投以不像是學妹的嫵媚笑容，讓晴海臉紅了。

「啊，嗯。我表妹就讀一高。」

晴海本人自認有拚命克制內心的慌張，但是客觀來看不太順利。同年級男生冷眼看著他。

至於女學生這邊，則並沒有特別看到她們對亞夜子表現出「裝可愛」或「諂媚男生」之類的反感。

原因之一在於晴海並不是那麼受異性歡迎的類型。他身為魔法師與魔工師的實力都是前途無量，也有「大富豪配偶的侄子」這層關係。但是他外表不算亮眼，再加上性格是對於魔法過度熱衷的「魔法痴」，所以若要當成戀愛對象，同年級的女學生是有點敬而遠之，而這個立場也感染給學妹。

但是沒對亞夜子投以厭惡視線的主要原因，是因為四高的女學生們經過九校戰的練習，知道亞夜子是容易因為外型而遭人誤解的類型。她們反倒深感興趣地想知道亞夜子找「那個晴海」究竟有什麼事。

「這件事怎麼了嗎？」

晴海沒察覺周圍這樣的目光，反問亞夜子。

亞夜子察覺到周圍注視他們的視線，卻以完全不讓人看出她已經發現這點的笑容回答。

「其實我想向一高的某人打招呼……希望學長的表妹幫忙介紹。」

「想向某人打招呼？」

「是的。學長也知道嗎？是一位名為司波達也的學長。」

「喔，那個超級工程師啊。」

晴海知道達也的名字。應該說在四高的選手團，只有部分一年級學生不知道「司波達也」這個名字。對於重視魔法科學技術面的四高學生來說，達也去年展現的「魔術」與「奇蹟」相當令人難忘。

「黑羽學妹，妳是他的粉絲？」

亞夜子這樣的美少女崇拜別校學生，男學生們內心應該很不是滋味。但是晴海的語氣沒有蘊含嫉妒。這時候的他認為四高學生崇拜「司波達也」是無可奈何的事。

「不，與其說是小女子崇拜，不如說是文彌……」

亞夜子說到這裡，就瞥向在斜後方待命的文彌。

晴海跟著看過去，文彌隨即害羞地移開目光。這不是裝出來的，是文彌最真實的反應。文彌確實非常崇拜達也，因為被他人知道而感覺難為情也是出自內心的反應。這使得亞夜子的說法增加強烈說服力。

「知道了。我去說說看。」

晴海爽快答應幫可愛的學弟妹這個忙。這原本就不是多麼困難的委託。絕對不是因為他覺得文彌可愛。

晴海環視會場尋找雫，而且滿快就找到了這個表妹。她位於一高歷年來習慣聚集的餐桌旁邊。只不過幾乎就在她旁邊的一個地方，目標人物「司波達也」正在和三高的「王子」與「始源」一臉正經地討論事情。

晴海感覺門檻一下子抬高，但是不能剛允諾就畏縮卻步。他如此鼓舞自己，然後走向雫。

晴海完全沒對亞夜子與文彌示意，不過兩人毫不猶豫地跟在他背後走去。

「雫。」

「晴海表哥。」

晴海從一旁搭話，雫立刻轉過身來。晴海也算認識雫旁邊的穗香，多虧如此，他才覺得自己在這裡沒有想像中的突兀。

「好久不見。」

雫特地離開一高學生集團走過來，晴海總之先親切地打了聲招呼。

「我才該說好久不見。怎麼了？」

晴海內心覺得一如往常反應冷淡的表妹這樣「太可惜了」，但他也掛著絕對不算和藹可親的尷尬笑容回答。

「其實我的學弟妹……」

晴海說著轉頭看向後面。

雫的目光對到兩人，亞夜子恭敬鞠躬，文彌簡單行禮。

「想向司波達也學弟打招呼。」

雫表情微微變化（只有熟人才看得出來的程度），表示意外。

「向達也同學？不是深雪？」

深雪轉身面向晴海，大概是因為聽到自己的名字吧。

面對不像是真人的這張美貌，晴海不是看到入迷，而是受到雷擊般的震撼。但他以對身後學弟妹抱持的義務感為支柱，勉強讓自己立刻重新振作，回應雫的問題。

「對，是向司波達也學弟。妳想想，因為我們是『技術的四高』啊。」

「那什麼啊？」

雫毫不留情地吐槽晴海臨時編出的別名，同時點頭表示理解他的意思。雫也知道第四高中的校風。

「所以希望妳幫忙介紹，會不方便嗎？」

「我沒差。」

雫答應之後，就回到第一高中的集團。

雫對深雪說話，接著深雪小跑步前往達也身邊。

晴海有點吃味地注視深雪和達也、將輝交談。

達也立刻和將輝分開，朝晴海這邊走來。晴海見狀便基於成就感鬆了口氣。

達也站到晴海面前。晴海自覺在達也身後待命的深雪令他身體變得僵硬。任務即將完成了……他如此激勵自己，朝達也搭話。

「我是四高三年級的鳴瀨晴海。抱歉打擾你們交談。」

「我是一高二年級的司波達也。剛才正好和一条同學他們聊完了，所以請別在意。」

達也講話比晴海從他銳利目光想像的語氣柔和許多，晴海感覺內心的緊張和緩了些。

（不過……這個男的真帥氣。）

大概是從過度緊張解脫的緣故，晴海默默感嘆。雖然不是特別英俊，卻是削除了天真感的精悍臉孔。無懈可擊的端正站姿。氣息穩重，連首次見面的自己都覺得無論發生什麼事，只要有這傢伙就沒問題。

（感覺可以理解黑羽學弟為什麼崇拜他。）

晴海在內心如此認同，並且說出最重要的來意。

「勞煩你特地過來一趟實在不敢當。其實是我這邊的學弟妹想和你打個招呼。」

文彌與亞夜子如同等待晴海這句話已久，動身來到達也面前。

「我是黑羽文彌。司波學長，初次見面。」

「初次見面，小女子是黑羽亞夜子，和文彌是雙胞胎姊弟。司波學長，請您多多指教。」

在晴海介紹之下，文彌與亞夜子向達也進行「初次見面」的問候。兩人的問候毫不突兀。

「初次見面，我是司波達也。」

不過達也也一樣。

「但我就讀第一高中，不算你們的學長。」

「即使學校不同，司波先生在魔法師界依然是學長。」

「我們姊弟雖然就讀第四高中，但其實不太擅長技術層面，如果方便的話，可以勞煩您指導我們嗎？司波學長的技術讓小女子和弟弟好感動。」

這當然是文彌他們為了今後能易於接觸達也所演的戲，所以在達也背後待命的深雪也沒插嘴搞砸兩人作戲，加上她沒自信能假裝自己不認識他們，就沒主動開口。

對於達也來說，這也是今後方便找文彌他們說話的藉口，所以正合他的意。

「九校戰期間實在是沒辦法，但如果有其他機會就沒問題。」

「真的嗎！」

「謝謝學長，請您將來務必指導我們。」

兩人（尤其文彌還是男生）沒有積極向深雪這樣的美少女搭話，其實不太自然，但也不足以搞砸這場假裝首度見面的戲。實際上，近距離觀看這一幕的晴海就不覺得奇怪。

就這樣，文彌他們順利讓他人留下「兩人和達也素昧平生」的印象，回到了四高學生的集團當中。

◇◇◇

賽前宴會結束，門廳與走廊即將熄燈的時刻，文彌與亞夜子以催眠瓦斯讓同房的一年級學生（即使是姊弟，當然還是男女分房）熟睡，然後在飯店庭院深處會合。

「文彌，你真準時。」

「姊姊才是。」

兩人長相不同，卻相互投以氣息神似的笑容，並脫下上半身所穿的無領薄拉鍊外套，再翻到內面。

可翻面的這件外套，從接近白色的亮灰色，變成和長褲同樣接近黑色的深灰色。文彌正常拉上拉鍊，亞夜子則是就這麼將頭髮留在外套內側，拉上拉鍊。光是這樣，兩人的身影就融入了黑暗裡。

「那麼出發吧。姊姊，麻煩了。」

「收到。」

亞夜子簡單回應，同時發動通稱「極散」的拿手魔法「極致擴散」。

兩個人影這次真的融入夜晚的黑暗之中。

文彌與亞夜子從真夜那裡收到了「在九校戰引人注目」、「避免留下決定性的線索讓人確信他們和四葉有關」、「讓周圍認為他們和達也素昧平生」這三道命令。但是在這之前，他們要以黑羽家魔法師的身分調查一件事，就是關於P兵器——寄生人偶性能測試相關的詳細情報。文彌不用說，而深入參與這項調查的亞夜子即使在九校戰檯面上有別的任務，也完全不想將做到一半的工作扔著。

調查對象是「越野障礙賽跑」的賽場。目前已知寄生人偶將以最後一天的「越野障礙賽跑」為舞台進行測試，而且白老鼠是魔法科高中生。不過這項競賽的場地極為寬敞，有四公里見方。「在進行越野障礙賽跑的時候測試」幾乎等於無法確定實際地點。

而且也不知道會投入多少人偶測試。即使把妨礙測試的任務交給其他實戰要員（文彌與亞夜子都預測，這項職責到最後幾乎一定會由達也扛下），兩人也希望事先掌握寄生人偶的配置地點與數量。

然而，兩人在「越野障礙賽跑」競賽區域前方停下了腳步。

「進得去嗎？」

「……不行。主動式感應器的配置過於密集，找不到能鑽的縫隙。」

亞夜子的「極散」主要是將電磁波、音波與氣流擴散平均化的魔法。基於這個特性，亞夜子對於釋放到空中的電磁波與音波偏倚很敏感。雖然不像穗香敏銳得能夠認知可視光成形之前的光波震盪，但如果是已經存在的分布，她的感應範圍就非常廣。四公里見方的越野障礙賽跑場地也能輕鬆納入她的偵測範圍（但是無法感應到固定不動的固體配置）。

她的知覺捕捉到以多面體圓頂形狀覆蓋賽場架設的紅外線、電波、音波主動感應網。有人將守備森嚴形容為連螞蟻都無縫可鑽，但這個感應網確實只有貓這種體積的小動物可以不被發現地自由出入。

「如果是被動式感應器還能設法應付……居然設置這麼多成本不斐的主動式感應器。」

如亞夜子所說，被動式感應器只偵測入侵者釋放的電磁波或音波，如果是這種感應器，無論有多少個，都能以她的「極散」讓感應失效。就算是主動式感應器，如果是以釋放電磁波或聽閾外音波捕捉入侵者反射訊號的反射型感應器，同樣能以「極散」讓感應失效。

然而，用發訊機傳送紅外線或超音波到收訊機，以是否斷訊偵測入侵者的阻斷型主動式感應器，將紅外線或超音波平均化的步驟本身就會被偵測為異常狀況。

「要抱著會被感應的決心闖進去嗎？內部應該只有設置監視器跟收音器吧？既然這樣，只要在瞬間突破感應網，就算被發現入侵，我們的身分也不會曝光吧？」

文彌過於果決的提案似乎也讓亞夜子心動，但她最後搖了搖頭。

「……別這樣吧。沒必要在正式開始之前把事情鬧大。」

這裡說的「正式開始」是「正式開始寄生人偶的性能測試」以及「九校戰正式開始比賽」兩個意思。去年就發生了和無頭龍相關的不幸事件。要是有可疑人物入侵九校戰會場，即使九校戰不會中止，想必各方面上也會變得綁手綁腳。這麼一來不只是他們自己要行動會有問題，也會為達也那邊添麻煩。

「知道了啦。」

文彌之所以擬定這種也讓人覺得魯莽的計畫，以及遵從亞夜子的決定，都是因為兩人的職責不同。文彌以「直結痛楚」上前線戰鬥，亞夜子以「疑似瞬間移動」與「極散」支援入侵與撤退。這樣的職責分配使得在這對雙胞胎之間，潛入調查的階段由亞夜子掌握主導權，在動用武力的場面則是由文彌掌握主導權。

「……看來今天只能撤退了。」

就在亞夜子要附和文彌這句話的時候……

「亞夜子、文彌。」

突然有人這麼叫，害亞夜子心臟差點停止跳動。

「達也哥哥！」

文彌有控制音量的開心語氣，使得亞夜子也察覺是誰在叫他們。

「達也先生……請不要嚇我啦。」

亞夜子眼角噙淚。

「我沒這個意思。」

夜視力優秀的達也應該有看到，但他只以沒什麼歉意的語氣在形式上道歉。

「既然這樣，那就用不著發出那麼恐怖的聲音吧？」

大概是因為這樣，所以亞夜子明知現在不是做這種事的時候，還是忍不住發脾氣。

「你們也來看賽場？」

達也也沒特別解釋或道歉。

如果是一般的女生，或許會氣達也不夠溫柔。但亞夜子這個少女覺得看到女孩眼淚也毫不慌張，以任務為第一優先的達也很了不起。

「……是的。不過警戒太嚴密了……」

亞夜子立刻轉換心態。她向達也看齊，專心執行任務。

「所以我們進不去。」

文彌補足姊姊的話語。對於達也出現在這裡，他從一開始就毫不驚訝或質疑，甚至不需要像亞夜子那樣切換心態。

「用亞夜子的魔法也沒辦法入侵嗎？」

達也驚聲詢問。亞夜子明白這是因為達也對她的魔法評價很高，卻還是忍不住心有不甘。

「啊，不，抱歉，我並不是在責備妳。」

達也如此道歉，是顧及亞夜子的面子。

亞夜子自認面不改色，卻知道達也從她的表情變化看出悔恨。明明剛決定專心執行任務，卻被一句無心之言攪亂內心，亞夜子對這樣的自己感到丟臉。

「達也哥哥也來調查嗎？」

文彌之所以改變話題，並不是為亞夜子著想。亞夜子知道這始終只是為了決定今後的行動，但文彌也確實問得正是時候。亞夜子在心中輕聲對弟弟說聲「謝謝」。

「嗯，但我也進不去，正在傷腦筋。」

「這樣啊……」

達也回答之後，文彌難掩失望地低語。

「要再試一次看看嗎？哥哥和我們合作的話，或許行得通。」

但文彌立刻樂觀地提議——雖然內容並不具體。

「不，要是逞強引發騷動是最不妙的結果，今天應該乖乖撤退。」

達也駁回文彌的提議。就亞夜子看來是理所當然的。

「是啊。」

回應達也的不是文彌，也不是亞夜子。

「是誰！」

亞夜子犀利詢問來者何人，接著森林裡浮現一個高瘦的人影。

那是個沉入黑暗的深色，如同忍者……不對，完全就是忍者打扮的高瘦人影。文彌與亞夜子不知為何看不出對方的詳細相貌。明明沒包頭巾，雙胞胎卻無法辨識臉部輪廓、五官特徵，甚至是大致的年齡。

「師父，請你用正常一點的方式登場好嗎？」

達也夾雜嘆息地向這個人影抗議。

文彌與亞夜子不禁數度眨眼。

因為不知為何，這名人物的相貌隨著達也的抗議變得清晰。

「達也說得對，今晚最好撤退。」

八雲沒回應達也的抱怨，接續自己剛才的話語說下去。

「……達也哥哥，難道這一位就是……？」

亞夜子大概是猜到了八雲的真實身分，放鬆戒心詢問達也。

「應該就是亞夜子想的那樣。」

「那麼，這位先生就是『那位』九重八雲老師嗎？」

這次是文彌感慨良多地點頭。對於身為四葉家諜報部門黑羽家下任支柱的兩人來說，「八雲」這個名字似乎具備重要意義。

「所以師父，您查到什麼線索了嗎？」

達也無視於文彌他們的感慨，如此詢問。

八雲搖了搖頭。

「不，賽場還沒有設置任何東西。」

「您進去賽場了？」

亞夜子不由得大喊，連忙摀住嘴巴。這個孩子氣的動作使達也放鬆地露出微笑，但他立刻收起笑容，再度面向八雲。

「我們面對警備系統束手無策，但師父居然進得去賽場，真了不起。」

達也朝亞夜子一瞥。亞夜子知道達也在替她打圓場。

自己完全對付不了的保全系統，八雲卻輕易突破（之所以判斷「輕鬆」，是因為八雲的服裝完全沒弄亂）。這個事實確實令亞夜子不甘心。

但是比起不甘心，亞夜子內心對八雲這般實力湧現的稱讚與警戒更加強烈。文彌與亞夜子繼承黑羽家時，是否能勝過這名「忍者」？這個想法占據亞夜子內心的絕大部分。

所以如果達也同情亞夜子，就是場誤會了。不過這份誤會造成的貼心令亞夜子感到窩心。

達也與八雲還在問答，可惜到最後只知道毫無線索。雖然白跑一趟，但文彌光是見得到達也就很高興了，亞夜子也因為得到達也關心，有種賺到的感覺。

朝達也揮手的八雲身影融入黑暗。文彌與亞夜子都完全不知道八雲以何種方式離開這裡，卻不覺得懊惱。他們大致感受到自己現階段和八雲的實力差距。懸殊到連心存嫉妒都顯得愚蠢。兩人就只是燃起了己身的上進心。

達也轉身面向暗自發誓要精益求精的姊弟倆。

「文彌、亞夜子。」

「有。」

「請問有什麼事？」

兩人的態度自然變得鄭重。其實文彌與亞夜子不必對達也畢恭畢敬，但這不是被強迫的，是雙胞胎自然又自發的態度表現。

「這件事我來處理。你們專心參加九校戰吧。」

達也的意思是要兩人「不要繼續插手」。以黑羽家魔法師的自尊來想，這番話應該令人難以接受才是。

「知道了。」

「既然達也先生這麼說……」

但是文彌與亞夜子都沒有抱持絲毫的不滿，接受了達也的命令。

〔3〕

這天是八月十一日，星期六。九校戰大會第七天——也就是新人賽第三天。今天的競賽項目是「祕碑解碼」男子組的第一天賽程，以及女子組的「幻境摘星」。終於輪到文彌與亞夜子上場比賽了。

早晨，湊巧同時進入四高帳篷的兩人，以充滿幹勁的表情相視。

「文彌，終於要正式上場了。」

首先搭話的是亞夜子。

「沒問題的。今天的對手都是小角色。重頭戲在明天和一高的戰鬥。」

文彌以無懼一切的笑容回應姊姊的激勵。

「我才想跟姊姊說，妳別失手了喔。」

「沒問題的。」

亞夜子以充滿自信，毫不懷疑自己會獲勝的笑容回應。

「其實我是很想和傳說中的『七草雙胞胎』打打看啦。」

「畢竟新人賽只能報名一項啊。」

亞夜子英勇放話，文彌微帶苦笑回應。

「一人是『操舵射擊』，另一人則是『冰柱攻防』……我還以為，其中一個人會參加『幻境摘星』呢。」

亞夜子真的一副很遺憾的樣子，看來「想打打看」這句話是真的。

「妳就這麼想和七草家的魔法師較量？」

總不可能是這種理由吧？如此心想的文彌問。

正如預料，並不是這麼可嘉的理由。

「咦？不是啦。如果贏了『七草雙胞胎』，應該會搶眼無比吧？」

亞夜子暗示這是完成當家命令的最佳方法。

「再說，冠軍一定是我的，所以沒什麼好比的吧？」

這再怎麼說，也只是亞夜子在開玩笑。勝負並不是只以實力決定。亞夜子經由任務熟知這個道理。

「說得也是。」

不過，本應和亞夜子同樣熟知這個道理的文彌，卻正經八百地點頭說。

這反倒讓亞夜子嚇一跳。

「等一下，文彌，我剛才是開玩笑……」

「或許是早就知道在『幻境摘星』贏不了姊姊，才故意避開這個項目吧？」

文彌與亞夜子同時開口。但因為文彌的語句比較長，所以蓋過了亞夜子的話語。

「你這麼說是認真的？」

文彌點頭回應亞夜子試探般的詢問。

「我是認真的。因為正常來想，王牌沒用在『幻境摘星』很奇怪。因為其他項目是雙人賽，『幻境摘星』是單人賽。」

雙人競賽第一名是六十分（換算為正規賽的三十分）。

「幻境摘星」第一名是五十分（換算為正規賽的二十五分）。

與其兩人拿六十分，一人拿五十分的效率比較好。這是一般的想法。

亞夜子認為這是過於單純的計算，但文彌下一段話令她分神，使原本的吐槽不了了之。

「肯定是達也哥哥決定的吧。因為七草姊妹贏不了姊姊，所以改為參加其他項目。」

「是……是嗎？」

文彌專心推理，沒發現亞夜子一反常態地慌了手腳。

「如果能用飛行魔法可能另當別論，但今年的競賽有限制飛行時間。只要將瞬間移動降級，就會成為可以合法甩開其他選手，還可以比使用普通的『跳躍』更快抵達標靶的魔法。以達也哥哥的能耐，應該輕易就能想到這一點。因為連我們都想到了。」

「這個嘛，應該是吧。」

亞夜子也完全同意這個意見。她認為說到魔法的改寫與利用方法，達也的智慧在全日本也是數一數二，甚至在全世界都名列前茅──順帶一提，文彌確信達也位居世界巔峰。

「達也哥哥知道姊姊的瞬間移動，那既然自己隊裡的魔法師在『幻境摘星』沒勝算，就派王牌到別的競賽確實拿下第一。我認為會這樣計算，反倒是理所當然的喔。」

「原來如此。」

總覺得認同這一點會有點自以為是，但亞夜子也認為這種想法確實合理。

「那麼，今天得回應達也先生的『期待』才行。」

「沒錯。為了證明達也哥哥是對的，我們必須以壓倒性的成績拿下第一。」

◇　◇　◇

不知道是不是文彌慫恿導致的結果。

亞夜子以壓倒性差距拿下「幻境摘星」的預賽。三高的一年級王牌也在預賽時同組，但亞夜子的成績令她跪地流下了不甘心的淚水。這樣形容，應該就能知道是多誇張的大獲全勝了。

然後，現在時刻是晚上七點。

「幻境摘星」新人賽的決賽開始了。

亞夜子捲起如同暴風雨的強風，衝向空中的光球。她的身影彷彿天地倒轉的流星。

達也看著亞夜子的比賽，輕聲說「這不可能贏得過她」，但他拿來做比較的少女們，也同樣來到觀眾席為同學加油。

「……泉美，妳怎麼看？」

「雖然不甘心，但我應該沒勝算……香澄呢？找得到什麼突破口嗎？」

泉美問完，香澄不甘心地搖了搖頭。

「很遺憾……我也找不到勝機。在觀眾席看就這樣了，如果是實際上場比賽的話，應該無計可施吧。」

香澄的回應使得泉美睜大雙眼。泉美沒想過討厭被瞧不起也討厭敗北的雙胞胎姊姊，明明沒有實際跟對方交戰過，卻認定「沒勝算」。

她們簡短交談的這段期間，亞夜子也接連得分。

香澄她們的隊友似乎切換了方針，改等亞夜子往上跳時再鎖定別的光球確實賺取分數。雖然比不上亞夜子，卻穩坐第二。

自己應該沒辦法這麼冷靜地進行比賽吧……香澄如此心想，並對於採用這名選手參加「幻境摘星」的幕僚感到佩服——但她立刻想起這名幕僚是達也，便擺起不高興到極點的臭臉。

「香澄，妳在不高興什麼？」

看姊姊心情突然變差，感到疑惑的泉美如此詢問。

香澄有一瞬間在猶豫是否要說，但最後還是老實回答。

「『那傢伙』早就知道會變成這樣了嗎……？」

不，這個說法很難算是「老實回答」的程度。

「不行喔，香澄。不可以把司波學長稱為『那傢伙』。」

無論怎麼掩飾，都會被泉美看透。

「不過，妳說的或許沒錯。學長很可能判斷我們贏不了那個女生，才會採取在其他項目確實賺取積分的戰略。」

此時泉美露出稍做思索的模樣。

「泉美？」

「如果是這樣的話……」

「這樣的話？」

「如果是這樣的話，我不懂司波學長為什麼知道那個女生的實力。」

「……會不會是剛好認識？」

香澄的回應很單純，乍聽像完全不經大腦，卻是可能性最高的解答。

「我想應該不是。因為在賽前宴會，那個女生有來找司波學長做初次見面的問候。」

但泉美以親眼看見的事實否定。

「喔～是喔。」

「……香澄，妳最好多少注意一下學長姊們在做什麼喔。今天的朋友是明天的敵人……雖然我不想這樣危言聳聽，不過觀察他人的成功或失敗，也可以因而發現捷徑或是避開陷阱。」

「啊～是是是，謝謝妳慣例的說教。不過妳會把捷徑或陷阱告訴我，所以沒關係吧？」

「真是的……」

「所以啊，既然不是巧合，那麼司波學長為什麼知道？」

泉美苦惱時，香澄投以這個回到正題的詢問。

在這段期間，亞夜子也逐漸和一高選手拉開比分。

泉美放下摸著頭的手，和香澄目光相對。

「或許是因為那個傳聞。」

「傳聞？」

香澄露出一頭霧水的表情，泉美沒有直接回答，而是給她提示。

「那個四高的選手叫什麼名字?」

「咦?黑羽亞夜子啊?啊,黑羽!」

此時響起第一節比賽結束的訊號聲。在議論紛紛的觀眾席中,泉美以只有香澄聽得到的音量低語。

「嗯,就是那個傳聞。」

「黑羽家有四葉家的血統……」

「或許司波學長有預先從哪裡取得四高『幻境摘星』新人賽代表選手的名冊。」

「唔哇……感覺聞得到犯罪的味道。」

「……我說到現在,妳的感想卻是這個?」

泉美傻眼地看過來,香澄掛著尷尬笑容移開目光。

泉美「呼……」地嘆口氣,繼續說起悄悄話。

「那個女生使用的不是單純的『跳躍』。恐怕是把『疑似瞬間移動』去除真空通道製作工序的魔法。」

「這樣不算犯規嗎?」

「嗯。在『幻境摘星』使用『疑似瞬間移動』之所以犯規,是因為使用者移動之前,真空通道會妨礙其他選手的移動。在選手移動同時捲起的強風不在管制範圍。」

香澄回應「喔～是喔」，像是現在才知道般點了點頭，泉美見狀感覺頭很痛。泉美在理解魔法時明顯是憑感覺，當事人也有自覺這一點。但就這樣的泉美看來，香澄的態度也太馬虎了。

「……『疑似瞬間移動』應該是那女生的拿手魔法。我想我們在『操舵射擊』與『冰柱攻防』不會輸，但是那個女生的魔法力，想必至少匹敵身為十師族一員的我們。」

香澄表情突然變得嚴肅。

「匹敵十師族七草家的魔法力。原來如此。我開始覺得那個女生和四葉家有血緣關係的推測好像是對的了。」

「是啊……」

此時第二節比賽的訊號聲響起。

香澄的注意力被引到賽場上，沒詢問泉美那段低語的意思。

泉美反倒是完全無法專心看比賽。和比賽無關的思緒束縛著她。

（魔法力匹敵十師族的人，很可能同樣是十師族……）

（那麼，深雪姊姊呢？）

（深雪姊姊的實力明顯勝過我們。）

（魔法力超過七草家魔法師的人……想必是四葉家的……）

（不……這不可能。深雪姊姊怎麼可能是那個四葉家的魔法師……）

泉美強烈地想忘記自己內心冒出的這個疑惑。

「啊……！」

此時，香澄突然發出聲音。

「呀啊！」

沉浸在（擅自感覺到的）內疚思維中的泉美，對這個聲音做出過度反應。

「哇！泉美，怎麼了？」

泉美的尖叫反而嚇到香澄。

「啊，不，沒事。」

這不是在掩飾。思緒突然被打斷，讓泉美想不起來到剛才為止都在思考什麼事……或許是想要忘記的意志，將記憶上鎖了。

「不提這個，我才要問香澄，妳怎麼了？」

「咦，嗯，我察覺一件不吉利的事。」

「不吉利？」

香澄以「別察覺到這件事該有多好」這種透露後悔的表情回應疑惑的泉美。

「四高一年級還有另一個姓黑羽的選手嘛，他會在今天的『祕碑解碼』新人賽上場。」

聽到香澄這麼說，泉美嘴巴也張成「啊！」的形狀。

「如果那個男生也和四葉有關……」

「看來明天的『祕碑解碼』也不平靜了……」

轉頭相視的兩人，同時將視線與注意力移向比賽現況。

她們決定不去思考明天的事。

◇　◇　◇

八月十二日，星期日。九校戰第八天，新人賽第四天。

香澄她們的祈禱（？）徒勞無功，「祕碑解碼」新人賽第二天的戰況高潮迭起。

在第八場次（第二天第三場）結束時，一高與四高以六勝零敗並列第一，接著是五勝一敗的三高。歷屆固定爭奪倒數名次的第四高中在本屆勢如破竹，包含四高相關人士在內的所有人都很驚訝。

外界認定第八場次的一高對三高是實質上的冠軍賽。在名副其實的這場激戰獲勝的一高隊，比賽一結束就開心認為「這樣就是冠軍了！」，卻在第九場次即將對上四高時洋溢緊張感。

「陣形和至今一樣。」

在賽前會議上，隊長七寶琢磨交互看向隊友，進行確認。

「嗯。」

「我也認為這樣就好。」

千川與梶原兩名隊友沒有異議。他們都對琢磨回以信賴的眼神。

在本屆新人賽，琢磨展現出配得上兩人信賴的活躍。他在場外訓話激勵因被三高拉開差距而消沉的一年級男生，將他們團結在一起；在「祕碑解碼」則是負責防守，在己方祕碑前面擋下所有攻擊，將敵方攻擊手悉數擊退。在第八場次對上三高的戰鬥也一樣，在己方兩名攻擊手被打倒，也打倒了敵方防守者，卻陷入一對二的不利狀況下，琢磨接連打倒三高選手奪下勝利。至今六連勝的最大功臣無疑是他。

身為新生總代表的琢磨，入學當初在同年級之間的風評不佳，但他從四月底的某天以後就大為改變。

自我主張一如往常地強烈，卻不再強加於人。

同樣喜歡爭取主導權，但獨善其身的一面不復見，變得會顧全大局。

容易情緒化的性格還是一如以往，不過現在他聽到別人指摘過失，就會率直反省道歉。

最重要的是，旁人清楚看見了他努力讓自己改變與成長，使他因而獲得同年級學生的共鳴與信賴。

經過數次給人印象的改善，一高代表隊一年級的九名男選手，自然由琢磨負責領軍。

「關於四高，我分析他們的小隊是典型的一人獨大。」

兩名隊友點頭回應琢磨這番話。

「攻擊手黑羽文彌，這傢伙是問題。雖然不甘心，但如果和這傢伙正面硬碰硬，我應該也很難戰勝他吧。」

「七寶同學？」

「那是會讓你說出這種話的對手嗎……」

「我很不甘心就是了。或許那個傳聞出乎意料是真的。」

關於「四葉」與「黑羽」的傳聞，掠過七寶等三人的腦海。

琢磨將這個傳聞趕出腦海，繼續說明作戰。

「雖然不是小看你們的實力，不過說來遺憾，你們應該都打不過黑羽選手。」

琢磨說完，隊友搖了搖頭。

「我不覺得被你瞧不起。我認為這是妥當的分析。」

「確實，我們連一分鐘都撐不住吧。」

「……抱歉。」

看見嘴裡這麼說且懊惱低頭的同伴模樣，使得琢磨也咬緊牙關。

「你不用道歉。所以呢？」

「嗯……所以，麻煩避免和那個傢伙戰鬥。直接放他到我面前也沒關係。」

「意思是要故意引他來到我們的祕碑？」

琢磨點頭回應聽來很擔心的這個詢問。

「四高在至今的所有比賽中，都是透過癱瘓對方小隊的戰力取勝。而且在輸入祕碑密碼的時候，防守者是最大的阻礙。黑羽選手肯定會想先打倒我。」

對於琢磨的預測，千川與梶原似乎都沒異議。

「我來應付黑羽選手爭取時間，麻煩你們在這段時間破解敵方的祕碑。如果是不含黑羽選手的二對二，你們不會失手。」

「……要是黑羽選手不管祕碑，來將我們各個擊破呢？」

「如果你們判斷黑羽選手朝你們接近，不論如何就是全力後退到我這裡。等到我開始對付黑羽選手，你們就立刻轉向前往敵陣。」

「知道了。」

「收到。」

琢磨再度和隊友相視。

「雖然還有第十場的最後一場比賽，不過只要拿下這一場，就真的幾乎穩拿冠軍了。我們絕對要贏！」

「好！」

琢磨等人重新打起幹勁，前往比賽會場的岩地戰臺出戰。

彷彿一陣疾風。

比賽開始的同時，四高的陣地衝出了一個嬌小人影鑽過白色巨岩之間往前衝，迅速接近一高陣地。

一高的選手沒察覺。

第一次的接觸，是以完全遭到暗算的形式發生的。

「呃！」

「千川！」

隊友被突然從岩石後方出現的敵人打倒，琢磨見狀不禁叫出他的名字。

然而，為時已晚。

一高的攻擊選手，一瞬間就被四高的攻擊手——文彌打倒。

（剛才那是什麼？「幻衝」嗎？）

對方的神速身手，令琢磨不禁慌了手腳。

琢磨所知的「幻衝」是藉由幻覺造成痛楚，進而扼殺對方戰鬥力的魔法。那是會逐漸造成傷害，製造空檔以便使出致勝魔法的前導術式。並不是劈頭一招就能完全癱瘓對手的強力魔法。

（而且我們完全不知道對方已經接近了啊！）

雖說是「岩地戰臺」，但石灰岩並沒有密集配置到會妨礙視野。岩石之間有著相當的距離，照理說應該會在哪裡看見對方從敵陣跑過來的身影。

而且既然是以這種速度接近，肯定不是只靠自己的肉體能力，而是使用了自我強化的魔法。但是琢磨沒感應到以魔法改寫過事象的物體接近。

「唔，梶原，回來！」

但慌張只在一瞬間。琢磨指示正在前進的隊友回頭和他會合。

然而在這個時候，石粒之雨灑落在琢磨與隊友之間。

「這是什麼！」

隊友不禁停下腳步。

文彌進逼到他的身後。

「快逃啊！」

琢磨的這個指示並不妥當。

被命令逃走的梶原就這麼背對文彌，衝進依然下個不停的石粒之雨。

石粒並不是太大的威脅。確實，被打中難免會受傷，卻能以反物質護壁防禦。梶原也具備此等實力。

不妙的是這樣造成了他持續背對文彌的結果。這就像是在請文彌瞄準他打。

石粒之雨突然停止。

緊接著，幻覺的痛楚襲擊梶原選手。

如同某種東西刺中雙腳的打擊使得梶原選手踉蹌，翻身跌坐地上。

他之所以轉身，是因為察覺就這麼背對敵人的話，會無法好好防禦或反擊。

嬌小的人影進逼到面前。

梶原選手理解到現下處境，正要朝文彌使用反擊魔法的時候……

他「直接」遭受劇痛的襲擊。

梶原選手的意識無法承受這份痛楚，如同跳電般中斷。

琢磨見狀不禁說出「我太小看他了！」這句後悔。

四高是文彌一人獨大的隊伍——琢磨這個分析大致正確，但是在某方面錯了。

四高學生擅長的魔法是工序較多，複雜且精緻的術式。

例如打碎石灰岩製作石粒霰彈從己方陣地發射，正確灑在遠方敵陣上的魔法。

（四高小隊即使直接戰鬥的能力不高，也擁有適合掩護攻擊的魔法嗎？）

琢磨沒有餘力繼續沉浸在這份後悔中。

文彌已經進入魔法能夠確實命中的射程距離內。

先出招的是琢磨。他在自己前方製作十六顆空氣彈，沒設定瞄準的目標，只定義方向就利用群體控制發射。

空氣子彈不是瞄準單一位置，而是朝著臉部、胸部與四肢襲擊。文彌不是以護壁防禦，而是輕盈地縱身躲開。

這次琢磨不是製作空氣子彈，而是排列出八枚薄薄的圓盤，以投擲環刃的方式射向文彌。

文彌腳踩白色巨岩的瞬間，就毫無停頓地往反方向跳躍，躲過空氣環刃。然後在空中朝著琢磨扣下手槍型態特化型ＣＡＤ的扳機。

琢磨右手臂傳來切割般的痛楚。琢磨不示弱地嚥下哀號，但操作套在左手腕上那副ＣＡＤ的手指動作卻變得笨拙。

文彌再度以石灰岩為踏腳處跳躍。

琢磨右大腿感受到錐刺般的痛楚。

他咬緊牙關承受這股痛楚，把壓縮得很細的下降氣流從文彌上方打下。

文彌在空中朝斜前方跳躍，躲過琢磨的攻擊。

「在空中無法變更運動方向」的這個常識，對於魔法師來說不是常識。琢磨也沒被文彌的迴避行動嚇到。

（這傢伙是牛若丸嗎！）

他想的是這件事。

——那我就是五条橋上的弁慶了。

琢磨瞬間消除這個想法。

弁慶和牛若丸的對決，是以弁慶敗北收場。思考這種事會觸霉頭，連帶淪為敗北主義。琢磨如此訓誡自己。

琢磨身體再度產生痛楚。沒伴隨真實傷害的虛假痛楚。他也有架設想子防壁應付無系統魔法，受到的打擊卻一點一滴地累積。

（這代表原本的「幻衝」威力很強嗎？）

琢磨心想，再這樣下去只會節節敗退。

這邊剩下一人，對方還有三人。必須趁體力還夠的時候一決勝負。

琢磨再度架設空氣彈的彈幕牽制文彌，接著準備使用絕招。

接連襲擊的痛楚使得肉體傳出哀號，但琢磨對自己說這都是幻覺，無視於這些痛楚。

眼前地面有從四高陣地射來的許多石粒。

琢磨將魔法式逐一複製在石粒上。

那是傳導琢磨的魔法所需的，群體控制用的魔法印。

在一陣特別強烈的痛楚貫穿腹部的同時，琢磨放聲大喊。

「接招吧！」

——「碎石雨」——

琢磨大喊的同時也在心裡喊出魔法名，發動群體控制魔法。

散落在琢磨面前的石粒同時上浮。

觀眾席一陣譁然。

但起因是石粒一齊射向文彌所站巨岩的光景呢？

還是琢磨如同大樹倒下般往後躺下的模樣？

「直結痛楚」。

文彌從空中射向琢磨的魔法，並不是以想子衝擊波碰撞和肉體重疊的想子體，造成該部位出現被打、被砍、被刺等幻覺的無系統魔法，而是直接給予精神痛楚的系統外魔法。

這個專屬魔法，讓琢磨終於精疲力盡。

比賽結束的訊號聲響起。

文彌高舉右手，觀眾席報以熱烈的歡呼與喝采。

「祕碑解碼」新人賽第九場——一高對四高的戰鬥，以四高的勝利落幕。

◇　◇　◇

四高在後續第十場對三高的戰鬥也獲勝，在「祕碑解碼」新人賽成為全勝的第一名。

雖然是新人賽，而且只是單一項目，但歷屆都是爭奪倒數名次的第四高中在「祕碑解碼」奪冠了。

這項壯舉的大功臣黑羽文彌，以及前一天在「幻境摘星」新人賽創下壓倒性記錄獲得第一的黑羽亞夜子。兩人的名字一起深深刻在觀眾、各校代表以及九校戰相關人士的記憶中。

〔作戰完畢〕

The irregular at magic high school

玫瑰的誘惑

西元二〇九六年六月，國際企業界傳來一則訃告。

市場規模雖小，卻因為軍事上的重要性，所以各國都不能無視的魔法工學產品。其中的龍頭製造商——德國「羅瑟魔工所」的前社長巴斯帝安・羅瑟嚥下了最後一口氣。

享年九十六歲。死因是衰老。

◇　◇　◇

在CAD與其他魔法機器的營業額和USNA「馬克西米利安研發中心」爭奪世界第一寶座的德國魔法機器製造商「羅瑟魔工所」。該企業的日本分公司社長恩斯特・羅瑟待在自己的辦公室不是在看文件，而是在看錄影的影片。

影片紀錄的是去年——西元二〇九五年夏季九校戰「祕碑解碼」的比賽過程。不是正規賽，是新人賽。畫面中的高大少年披著格格不入的披風，揮動近似劍的物體。

之所以形容為「近似」，是因為該物體全長超過十公尺，而且只有基部與前段，前段還正在空中移動。這是普通的劍不可能會有的特徵。

這把武器可能會令一般人驚訝，對於恩斯特來說卻只是有點少見，不是什麼珍貴的東西。他注意的不是武器，是揮動武器的少年。

異形劍的攻擊才揮砍到一半，就偏離軌道砍進地面。因為少年被魔法命中，被震飛到橫躺在地。受到等同於鎚子毆打的衝擊還將劍揮到底，這股鬥志值得令人瞠目結舌，而且從金屬片陷入地面的程度來看，即使對方戴著頭盔，用這個力道從人類頭頂砍下來，下手似乎太重了點。

但這些都不是恩斯特注意的重點。

畫面中的少年站起來了。然而按照常理，這是不可能的事。少年才剛被魔法命中震飛將近一公尺，應該有受到相當的傷害，即使失去意識也不奇怪，而且從錄影畫面判斷，他看起來真的有昏迷。然而從畫面上甩著披風的少年動作來看，卻看不出他有昏迷過。

少年隨著獅吼般的氣魄甩出披風。直到剛才都是柔軟布料的披風化為一片黑色板子旋轉，往前飛去。

「是硬化魔法嗎？」

恩斯特自言自語。他的細語還沒結束，黑色板子就插進地面，成為保護少年隊友的護壁。護壁阻擋、反彈土砂的洪流。

少年衝向插在土裡的前段劍刃。氣勢如同猛獸。他手中那把劍的基部和猶如小小墓碑般豎立的前段凹凸處組合起來，回復為完整的劍，再從土裡拔出這把劍。

少年再度放聲咆哮。

劍身分離，劍刃在天空舞動。

少年這一招，砍倒了對方小隊剩下的最後一人。

「嗯……」

影片到此結束。恩斯特就這麼看著變暗的畫面，嘆出似乎別有意義的一口氣。

「看多少次都沒看錯……佐治的孫子繼承了『城塞系列』的能力。」

恩斯特像是突然想起來般關閉螢幕電源，閉上雙眼，靠在椅子的高椅背上。

「沒想到第一型式的基因會在這種地方傳承下來……」

恩斯特睜開雙眼，有些不耐煩地搖頭。總公司沒提供這個情報，他來到日本之前都不知道這件事。他對此相當生氣。

他知道調整體魔法師「城塞系列」第一型式的佐治．奧斯托布魯克在五十年前逃亡到日本。但是下令製造「城塞系列」的德國軍方以及負責製造的羅瑟，因為其他的第一型式悉數自毀而認為佐治來日不長，判斷不必追緝。

但羅瑟並未放棄基因擁有權。「城塞系列」的製造投入不少資金，而且大半沒能回收。調整體相關的資料本身受到妥善儲存，所以看這部影片應該就可以知道，這名少年——西城雷歐赫特具備「城塞系列」的特徵。實際上恩斯特從本國帶來的親信立刻就察覺了。

這個事實和佐治．奧斯托布魯克逃亡到日本的往事擺在一起想，自然可以推理出一個結論。西城雷歐赫特繼承了佐治的血統。佐治．奧斯托布魯克在日本這個國家生子，使他的基因像這樣傳承下來。各種情報很快就證明這個推論屬實。

重建日本分公司——如果要立刻實行打著這個名目進行的肅清……恩斯特心想：

（問題在於如何得到這名少年……）

他在內建可動式螢幕的辦公桌桌面上，打開西城雷歐赫特相關的調查資料。雖然已經反覆看過這份資料，但恩斯特每次看都會露出不高興的表情。

乍看之下，這份資料顯示少年身世坎坷，有許多可乘之機。但恩斯特的判斷相反。少年對自己的際遇沒有抱持不滿，至少現在正享受著高中生活。如果是兩年前，或許會更簡單，但現在即使開出相當不錯的條件，少年應該也不會接受邀請吧。即使以恩斯特的智慧，也找不到讓少年拋棄日本選擇德國的絕佳方法。

雖說如此，也不能強行帶他去德國。魔法師出國受到嚴格的限制。這在德國或日本都一樣。觀光旅行基本上不會獲准，有商業目的也不被准許長期滯留國外，甚至連進行公務也很難獲准以月為單位住在海外，只有大使館員等少數例外。

從另一個角度來看，無疑代表魔法師出國被嚴格監控。尤其羅瑟魔工所是和德國政府與軍方關係密切的魔法關連企業，出國時尤其受到日本政府嚴加注意。如果是得到當事人協助的自願逃亡就算了，強行擄人應該不會成功。

至少必須讓當事人有這個意願。

（總之，得先接觸才有機會進展下去。）

擁有羅瑟直系血統的他前來擔任日本分公司社長，是因為實現飛行魔法演算裝置的日本魔法機器廠商ＦＬＴ與研發者托拉斯．西爾弗令羅瑟感到危機。號稱不可能成真的飛行魔法演算裝置，ＦＬＴ為何能研發成功？恩斯特要查出箇中祕密、研究體制與研究訣竅，可以的話，就將托拉斯．西爾弗延攬到羅瑟。

托拉斯．西爾弗隱瞞了身分，恩斯特還不知道他的真面目。和那名技術專家相關的情報操作既強力又巧妙得驚人。但是包括查出這個人的真面目在內，也是恩斯特背負的使命。為此他獲得了利用羅瑟經營資源的最優先權限。

這對他來說是考驗，同時也是機會。若能完成這份工作，他就能在羅瑟本家繼承人的跑道上領先其他候選人。

揭穿托拉斯．西爾弗的祕密並且延攬他。這本應是恩斯特來到日本的最優先業務。然而「西城雷歐赫特」這個出乎意料的發現，使得他不得不變更優先順序。

德國是全世界最早確立調整體魔法師製造技術的國家。可其中卻有著堪稱先驅宿命的過度摸索。魔法師的開發大多不人道，但即使考慮到這一點，在最初期調整體魔法師製造過程中實驗性投入的技術依然天理不容。比起人道或尊嚴這種近代道德觀念，這種技術令人想起更基本的部分，也就是宗教方面的禁忌。

就某種意義來說是理所當然吧。人類無法完全接納這個技術。雖然還沒確認明確的因果關係，但是接受這種技術的調整體魔法師年紀輕輕就毀壞了。不是身體毀壞，是心理上的自毀。自殺的人占約半數，發瘋致死的人也占約半數。沒自殺或發瘋的人也在出任務時身亡或逃亡，羅瑟旗下連一人都不剩。

羅瑟家認為「反正實驗資料留下來了，就算這樣也沒什麼不便」。實際上，以第一型式的資料為基礎誕生的第二與第三型式實現了更穩定的性能。

然而自毀比率並沒有降為零。即使是穩定度更上層樓的「城塞系列」第三型式，出現發瘋致死案例的機率也有百分之十。考量到製造調整體所需的成本，這是不容小覷的折損率。

所以，繼承較不穩定的第一型式基因卻沒出現自毀徵兆的西城雷歐赫特，是為了今後開發調整體魔法師務必想取得的樣本。這不是恩斯特自己的想法，也徵得了羅瑟家當家的同意。

還獲得一張延攬條件不限制的委任狀。

但即使是難得的不受限委任狀，想不到有效條件就是暴殄天物。

（看來需要進一步調查。）

再過一個月，今年的九校戰就開辦了。身為「遞補」學生的這名少年，今年是否會獲選為選手還很難說，不過從身家調查書記載的資料來看，他應該會去會場加油。

身為羅瑟日本分公司社長的恩斯特早早就收到了九校戰的邀請函。在會場伺機接觸應該最自然吧。

自從來到日本當天，監視眼線就一直沒離開過。對此感到不耐的恩斯特．羅瑟叫來祕書，撰寫邀請函的回信。

◇　◇　◇

二〇九六年八月四日。今年的九校戰也將從明天開始。會場籠罩著不同於歷年的緊張感，不過感應到這份緊張的主要是等待出賽的選手，來觀戰的觀眾認為這是「刺激的氣氛」。

雷歐也是其中一人。他從上個月開始擔任新項目「堅盾對壘」的練習對手，算是半個後勤人員，不過在這樣的氣氛中，他感受到的興奮大於緊張……按照他的個性，假設他以選手身分上場，或許同樣是這種感受吧。

競賽項目久違地有所變更。這個方向性推測是預備將魔法師投入實戰。各校選手與後勤人員即使有程度上的差異，卻都具備這份共識。

魔法是武力，不對，是兵力，魔法師被要求擔任士兵或兵器的角色。這是毋庸置疑的事實之一。年輕的他們也明白這一點。而且不少學生也是知道這一點而想走國防這條路。

然而，大多學生認為至少還要半年以上才會被迫認清這種事實，從魔法科高中畢業之後再面對就好。此時突然在名為九校戰的舞台被要求具備「士兵要有的技能」，使得魔法科高中生們感到不知所措。

還沒做好覺悟。

要以這句話打發很簡單。但要隨時保持身在戰場的心態，並不是這麼容易的事。做覺悟需要時間。

另一方面，人類是隨著環境與時間變化的生物。若是被扔進需要覺悟的環境，自然就會具備這種覺悟。想必至今的魔法科高中，包含校風尚武的第三高中在內，都不是確切要求學生具備士兵心態的環境吧。

總之對於魔法科高中生來說，告知九校戰變更競賽項目之後這一個多月的期間，不足以讓他們適應變化。只是如此而已。

不過這是泛論。並不是所有人都因此感到困惑。

對於已經具備士兵、戰士心態的人來說，新採用的競賽項目也只不過是遊戲。因為意外而造成最壞事態的可能性變高了。但那始終只是意外，並不是一定會有人喪命。就這點來說，這和格鬥技跟賽車運動沒有兩樣。

換個角度想，對於決定自己不會成為軍人——或是說抱持這種原則的學生來說，比賽就只是變得驚險又刺激。雖然方向性完全相反，但就某種意義來說也是和格鬥技跟賽車運動沒有兩樣——這一點是一樣的。只要這樣看待，就不會感到困惑或不知所措。

比方說，艾莉卡就是前者。

然後，或許有人會覺得意外，但雷歐是後者。

雷歐沒把自己當成戰士或士兵。他未來想從事的職業是交通機動隊或山岳警備隊。他不打算成為軍人，也不認為自己適合從軍。

雖然不怕戰鬥，但雷歐認為自己頂多只能打架。他知道自己基因有四分之一接受過成為兵器的改造，卻完全不打算受到這個血統束縛。

不過羅瑟魔工所的日本分公司社長恩斯特・羅瑟，對雷歐的評價堪稱完全相反。

恩斯特發現正在登記入住的雷歐真的只是巧合。雖然認為雷歐會來觀戰，但他也不是一直監視飯店櫃檯，也沒派部下監視。他也剛抵達這間飯店，正在和祕書一起等待擔任嚮導的士官。

幫女性友人提行李的樣子很像他這個年齡會做的事，令人會心一笑，但是粗壯厚實的身體已經不是少年體格。男性魔法師一反古典「魔法師」的形象，體格大多健壯，但即使在這樣的環境之中，雷歐的身體也很吸引恩斯特的目光。

應該派祕書過去還是自己搭話？恩斯特在猶豫時，視線前方的雷歐和同校學生打招呼。

（那個人是司波達也……）

達也同樣是恩斯特想延攬的魔法科高中生。他從前任日本分公司社長那裡聽聞過達也的價值，也在四月的恆星爐實驗確認前任社長的極高評價絕對不是過譽。

恩斯特心想，這是搭話的大好機會。比起個別搭話，對兩人一起搭話，他們應該也比較不會提防吧。恩斯特原本如此判斷，但他看到和兩人在一起的少女，就改變了想法。

令恩斯特躊躇的不是深雪，不是美月，也不是雫或穗香，是艾莉卡。

安娜・羅瑟・鹿取。這是恩斯特・羅瑟堂姊的名字，也是千葉艾莉卡母親的名字。恩斯特・羅瑟的大伯是羅瑟現任當家，二伯是從本家離家出走的安娜父親，也就是艾莉卡的爺爺。

換句話說，艾莉卡是羅瑟當家的姪孫女。原本她應該列入羅瑟本家的成員。

艾莉卡也是恩斯特必須在日本處理的事情之一。而且是被要求小心應對的燙手山芋。先不提西城雷歐赫特，恩斯特想避免在司波達也面前和艾莉卡接觸。

最後，恩斯特沒和雷歐或達也搭話，只是站在原地目送他們離去。

◇　◇　◇

隔天，八月五日用完早餐後，恩斯特將一封信交給日籍女祕書。

「這是給千葉艾莉卡小姐的邀請函。千萬不要有任何閃失。」

「屬下明白。」

「律師安排好了嗎？」

「預定中午抵達。」

「交涉工作交給你們。談好再叫我。」

「是。請交給屬下處理。」

祕書行禮之後，就從恩斯特面前離開。一直到看不見她的身影，恩斯特才在搬到總統套房的辦公桌後方輕聲嘆氣。延攬托拉斯．西爾弗與西城雷歐赫特是激勵人心的工作，成功的話會為羅瑟的將來帶來龐大利益，也能提升恩斯特的地位。相對的，關於千葉艾莉卡的各種事則是消磨人心的工作，失敗的話會為羅瑟造成莫大損失，也會成為恩斯特的重大過失。

艾莉卡是今年六月過世的羅瑟家前任當家——巴斯帝安．羅瑟的曾孫女。而且巴斯帝安的兒子與孫女，也就是艾莉卡的爺爺與母親都已經辭世。

艾莉卡的爺爺和日本人私奔的時候，羅瑟家就當作沒有這個人了。但這始終是家系內部的認知，從法律觀點來看，艾莉卡是遺產繼承人之一，有權繼承曾祖父的部分遺產。

恩斯特前來日本分公司就任時，原本不打算和艾莉卡打交道。恩斯特甚至不知道艾莉卡母親的長相，即使她是堂姊，也等同於陌生人，她的女兒艾莉卡就更不用說，恩斯特完全不覺得彼此是親戚。

艾莉卡恐怕也會是一樣的想法吧。不，恩斯特認為她心態沒這麼消極，而是更為積極，很可能會避免和自己接觸。以她的立場來看，就算她憎恨著羅瑟家也不奇怪。

必須和這樣的對象交涉，恩斯特實在是提不起勁。但他不被允許迴避這個問題。因為前任社長的繼承問題何時發生都不奇怪，而且問題成真的時候，日本分公司的社長是恩斯特。

他只能認命地覺得是時機不巧。幸好交涉本身可以扔給祕書與律師。恩斯特以這種想法安慰自己。

◇◇◇

和千葉艾莉卡約好時間見面了。聽到祕書如此回報的恩斯特感覺掃興。他原本預測艾莉卡會更堅定地排斥見面，然而艾莉卡不只是當天回應，甚至當天就會過來見面，這完全超乎他的預料。不過，羅瑟本家的血統以及相伴的財力與權力，實際上艾莉卡都覺得無所謂。位於羅瑟中樞的恩斯特無法理解艾莉卡的想法也是當然的。

到了艾莉卡差不多該抵達的時間，恩斯特便前往飯店門廳。他並不是去迎接，只是恩斯特不希望對方覺得他等待這一刻等很久了。事實上，羅瑟本家的人們非常擔心千葉艾莉卡會對前任當家的遺產如何表態，但是被迫扛起交涉責任的恩斯特不想讓艾莉卡本人察覺這一點。

恩斯特下樓來到飯店門廳的行為不含更深入的想法，但他這時候運氣很好。

他以流利的日語向正要走出飯店的少年搭話。

「打擾一下，你是不是西城雷歐赫特同學？」

雖然是理所當然的反應，不過突然被叫到名字的雷歐露出驚訝表情轉身。

「是沒錯，你是……羅瑟分公司的社長？」

這次輪到恩斯特露出些許的意外感。

「喔，你知道我是誰？」

「當然啊，因為你在我們之間很有名。」

雷歐只在恆星爐實驗之後的新聞節目上看過恩斯特。不過，對於記性過人的他來說，這樣就夠了。

「這是我的榮幸。重新自我介紹一次，我是恩斯特．羅瑟。」

恩斯特以適度親切、適度客氣，令人感覺從容的語氣介紹自己。

「這樣啊。如您所知，我是西城雷歐赫特。」

雷歐以語氣有些瞧不起人的問候回應。

「所以，羅瑟分公司的社長找我有什麼事？我可沒達也那樣的技術。」

雷歐的語氣沒有諂媚。羅瑟魔工所在魔法世界的影響力並非僅止於產品領域，在軍方與警方內部也擁有潛在勢力。雷歐也沒有不經世事到不曉得這一點。只是他不會想藉此揩油。

「我開門見山地說吧，我想延攬你。」

「延攬？就說了，我沒有足以自豪的魔法工學相關技術。」

雷歐也知道恩斯特不是想延攬他擔任魔工技師。這番話是在試探恩斯特真正的意圖。這點程度的想法當然被恩斯特看透了。

「在這裡沒辦法詳細說明。先不提是否願意接受延攬，可以先到我房間一趟嗎？請讓我好好說明一下，讓你能了解我的用意。」

「這下子傷腦筋了。我接下來跟死黨有約。」

雷歐沒有趕快結束對話轉身，並不是因為捨不得和羅瑟打交道可以得到的好處，反倒是擔心不歡而散會招致壞處。

羅瑟魔工所的影響力，雷歐在今年四月炒熱媒體的反魔法師活動時就體認過了。在那時，平息社會反魔法風潮的大功臣不是別人，正是站在雷歐面前這位恩斯特．羅瑟的採訪報導。恩斯特對恆星爐實驗給予高度評價一事，在平息反魔法師活動的時候擔任要角，是毋庸置疑的事實。

羅瑟魔工所是ＣＡＤ龍頭製造商，也是魔法工學產品業界的領頭羊，不可能和魔法師為敵。但羅瑟是德國企業，對待日本魔法師的態度很可能隨時轉為冷淡。

雷歐不擅長編造圓融巧妙的藉口。矯飾言語不是他的個性。只用「我有約」這句話不足以讓恩斯特打退堂鼓，面對這樣的恩斯特，雷歐正苦思著接下來該怎麼說。他的注意力集中在這件事上，甚至沒察覺在不遠處經過的一個很非常搶眼的人，也就是擔任達也助手的第一高中一年級技術人員——隅守賢人。

「這樣啊……」

恩斯特的態度沒有過於強迫，就只是巧妙地糾纏著他。

「很遺憾，我沒辦法說我不會花你太多時間。畢竟你也想問很多事情吧。比方說，關於你的爺爺。」

「爺爺……？你要講的事情和佐爺有關？」

至今只露出為難模樣的雷歐，展現出無從隱瞞的興趣。

「你對你爺爺的事感興趣嗎？既然這樣，我也就我所知盡量告訴你奧斯托布魯克先生還在德國時的往事吧。」

「唔～真傷腦筋……」

老實說，雷歐相當心動。但他是堅守道義的人，不忍心對先講好的朋友爽約。

從雷歐背後推他最後一把的，是同班同學不高興的聲音。

「你就先聽他說一下怎麼樣？」

「艾莉卡？」

後方傳來的聲音引得雷歐轉身。

艾莉卡一臉不悅地撇過頭。

她撇頭的另一邊，有一名年約三十幾歲，身穿套裝的女性。她大概是相當討厭對方吧，艾莉卡明顯刻意不正視那名女性。

「因為就算拒絕，也只會繼續被纏著。」

只不過，艾莉卡語氣盡顯不悅的原因，應該不只是基於對那名女性的負面情感。她話語所帶的刺也朝向恩斯特。

「就算爽約這麼一次，達也同學也不會在意的啦。」

「妳為什麼在這裡？」

「這對你來說一點都不重要吧？」

艾莉卡全身散發「不想說明」的氣息。

不只是雷歐，恩斯特應該也感受到了。

「這麼說來，西城同學和千葉艾莉卡同學一樣是一高的二年級吧？」

「……我們同班。這怎麼了嗎？」

「這樣啊。其實我必須和她商量某些事。不對，不是由我說，是由律師和她說。我正想請她在律師準備好之前稍等一下。」

所以接下來這段話……

「同班的西城同學陪同的話，千葉同學也不會無聊吧？願意為她撥點時間給我嗎？」

恩斯特是故意這麼說的。

「你要是態度這麼胡鬧，我可不想繼續奉陪喔。」

如今艾莉卡的語氣不只是不高興，還帶著殺氣。

「如果你們糾纏不休，堅持不肯退讓的話，我是可以聽聽你們怎麼說。但我對你們的隱情沒興趣。」

艾莉卡以兇狠眼神瞪向恩斯特。

恩斯特以老神在在的表情承受這股視線。

「我認為沒什麼好害羞的……難道妳不希望朋友知道我們的關係？」

艾莉卡臉頰泛紅。

但這不是因為害羞而臉紅。

「走了。帶路吧。」

艾莉卡沒看向穿套裝的女祕書，開口如此要求。

祕書帶頭前進，恩斯特隨後跟上。

艾莉卡踏出腳步，只轉頭看向雷歐。

「你在做什麼？你也快來啊。」

最後，雷歐之所以接受邀約，與其說是對爺爺的往事感興趣，不如說是無法扔下艾莉卡。現在的艾莉卡給人的感覺，像是被某種東西逼入絕境。或許是多管閒事，但雷歐覺得不能放她一個人。

雖說如此，雷歐也不可能有辦法貼心地找話題聊。

坐在舒適沙發上的雷歐，如今感覺非常不自在。

「對了對了，去年新人賽『祕碑解碼』的決賽，我看過影帶了。你真的是勇猛奮戰呢。」

從剛才開始，講話的主要都是恩斯特，雷歐只回答被問到的問題。他不在意這件事，但是一股肅殺的不悅波動旁邊湧過來，令雷歐覺得實在靜不下心。

波動的來源，是進入這個房間之後就一直保持沉默的艾莉卡。現在的她，如同背上的毛一齊倒豎的貓。

雷歐並不是被艾莉卡近似殺氣的敵意嚇到。

是感覺這份倉皇不像平常的艾莉卡，令雷歐的心情不太自在。

另一方面，暴露在艾莉卡敵意下的恩斯特看起來不在乎她冷漠刻薄的態度。與其說是明知如此還故意無視，給人的印象比較像是將這份態度視為理所當然。

「西城同學，你今年沒以選手身分參賽嗎？」

「沒有。我去年也不是一開始就當選手……」

「你去年明明留下那麼明確的成績啊。」

「因為我很笨拙。」

聽完雷歐的回應，恩斯特似乎有咧嘴一笑。雖然嘴唇與眼角都沒動，眼神看起來卻像是帶著笑意。

「但我認為你的魔法十分實用。」

「這樣啊，謝了。」

恩斯特暗藏各種玄機的這番話，雷歐頂多只能出聲附和。

此時傳來敲門聲。

恩斯特以手邊遙控器開鎖。

進房的是剛才的女祕書。

「打擾了，律師來了。」

「知道了。」

恩斯特朝祕書點頭，轉頭看向艾莉卡。

「我請人幫忙空出隔壁房間來談事情。請先在那裡聽律師說明。」

恩斯特以壞心的語氣對沒有立刻回應的艾莉卡補充一句。

「還是說，也讓西城同學列席比較好？」

「……我去。」

艾莉卡起身。

「帶路吧。」

她使用和剛才相同的話語向祕書下令。

艾莉卡消失在門後的瞬間，雷歐看向恩斯特的目光也變得銳利。

「那個傢伙跟你們羅瑟究竟是什麼關係？」

恩斯特以甜美的商業笑容承受雷歐的視線。

「在意嗎？」

若是達也，這時應該會立刻回答「在意」吧。但雷歐和達也不同，具備少年會有的含蓄。

「我也不是說很在意那傢伙啦……」

「我以為你對你爺爺的往事比較感興趣。」

「啊，對。一點都沒錯。你照約定說佐爺的往事給我聽吧。」

雖然這樣等於完全被恩斯特的話題帶著走，但雷歐自己也認為這樣就好。

老實說，比起爺爺，雷歐現在比較在意艾莉卡。但他還在猶豫，自己是否可以涉入艾莉卡的隱私。

「好的。不過在說明你爺爺奧斯托布魯克先生的往事之前……西城同學，關於『城塞系列』你知道多少？」

全身肌肉加重了力道，變得緊繃。雷歐從屏息到再度開始呼吸，才察覺自己的生理狀況。

「……是世界首度製作的調整體魔法師系列名稱。比起魔法技能強化，更重視肉體強化的強化人。是具備魔法技能的超人士兵。」

雷歐說到這裡暫時停頓，深吸一口氣。

「實際上，卻是幾乎所有個體都自毀的失敗作品。」

雷歐語氣變得死板，大概是因為在使力避免聲音顫抖吧。

恩斯特對這樣的他露出看起來很溫柔的微笑。

「『城塞系列』不是失敗作品喔。」

雷歐以充滿猜疑的雙眼看向恩斯特。他眼中捲動的情緒不只是懷疑，甚至包括憤怒。

「第一型式的『城塞系列』出現自毀情況全是在戰場上，毫無例外。沒參與戰鬥的第一型式沒出現自毀。」

「……爺爺說除了他之外，所有人都死了。」

「因為當時祖國的局勢，不容許他們選擇不參戰。」

恩斯特打斷想反駁些什麼的雷歐，追加一句話。

「除了在入伍之前逃走的佐治先生。」

「爺爺他……逃走？」

雷歐停頓片刻才回以這個問題。

恩斯特立刻回答，大概是早就預料到他會這麼問吧。

「奧斯托布魯克先生是有良心的拒絕服役者。我不知道接受調整體教育的他是從哪裡學到和平思想，但他選擇以拋棄祖國為代價拒絕服役。」

「所以爺爺才來日本……？」

「剛開始是逃亡到美國，但好像不合他的個性……過了約半年就搬到日本了。」

「真意外……從佐爺的個性來看，我覺得大到不行的美國比較合他的個性。」

「大概發生了很多事情吧。我伯父也只陪他到美國，所以不知道後來的事。」

「伯父……」

正如恩斯特的計算，雷歐對這個詞起了反應。

其實雷歐也察覺恩斯特講這個話題是要吸引他的興趣，卻還是沒辦法無視。

「『城塞系列』是我們羅瑟魔工所製作的。」

聽到恩斯特有些唐突的這句話，雷歐疑惑地蹙起眉頭。

「不是德軍製作的嗎？」

調整體是由軍方製作的。這是雷歐的常識。

「研究的提案人是軍方科學家，但實際的研究委託給我們。奧斯托布魯克先生也是在羅瑟的研究所誕生的。在個性大多正經八百的『城塞系列』之中，他是難得開朗又平易近人的人物，和研究所的職員與家屬相處融洽。伯父和奧斯托布魯克先生的交情特別好。」

「所以才幫助爺爺逃走？」

「雖說逃走，但並不是非法逃走喔。他發誓不會在他國參與軍務，不協助他國開發魔法師，藉以放棄國籍。」

「……你們是有施加詛咒讓他遵守約定嗎？」

雷歐以挖苦語氣打岔，不過恩斯特看起來沒有壞了心情。

他反倒是覺得有趣地揚起嘴角。

「『詛咒』還真是復古的說法。日本魔法科高中生之間流行早期的話語？」

「不，並不是那樣……」

大概是受到指摘之後，連自己也覺得過時吧，雷歐回應得結結巴巴。

「很遺憾，我們沒有操作心理的技術。那始終是基於信賴關係簽下的契約。」

「虧你們這樣就肯放走軍事機密的結晶啊。」

恩斯特像是等這句話等很久般，露出笑容。

「『城塞系列』所有人都不是自願成為調整體，是我們擅自這麼做的。所以至少想讓他們自己選擇如何活下去。」

「……你說錯了，應該是選擇如何死亡吧？從出生就待在研究所，一直被灌輸戰鬥魔法師技能的人，不可能選擇其他的生活方式。」

「這我不否認。」

恩斯特很乾脆地認同雷歐的批判。

「所以結論才會更傾向於實現佐治先生的心願吧。被打造為戰鬥魔法師的人，是否能以士兵之外的方式活下去？不難想像科學家們應該懷著這種好奇心。」

雷歐因無法辯解而鬆懈時，恩斯特趁機再度轉換話題。

「你或許很難相信，但我們相信奧斯托布魯克先生，並且協助他出國。伯父魯卡斯陪他到美國也不是為了監視，是因為伯父很黏佐治先生。」

「『很黏』是指……」

「奧斯托布魯克先生是在第三次世界大戰即將爆發時拋棄故鄉。當時我伯父十四歲。」

雷歐聽到「十四歲」這個年齡，訝異得睜大雙眼。

「根本還是個孩子啊。」

「是的。我們羅瑟家也覺得這年紀要參與工作事務太早了。在不知道詳情的外人眼中，我伯父看起來只像是去一趟小旅行吧。伯父是羅瑟本家的次男，即使派強化士兵當護衛，應該也不會顯得突兀。」

「用這種名目瞞過周圍的目光嗎……」

「當時已經零星爆發恐怖攻擊跟內戰，美國也絕對稱不上安全。我伯父明知有這份風險，還是協助佐治先生逃亡。希望你可以理解我們羅瑟家多麼尊重佐治先生的意願，多麼尊重『城塞系列』每個人的意願。」

「……你們曾經為了佐爺犯險，這我理解了。」

雷歐不情不願地認同恩斯特的主張。

他並不是全盤相信恩斯特的說法。尤其無法相信他們對「城塞系列」所有人的照顧和他的爺爺一樣好。事實上，雷歐他爺爺以外的「城塞系列」都沒能壽終正寢。

不過，雷歐覺得「羅瑟本家的魯卡斯少年喜歡爺爺」這件事可以相信。雖然沒有全盤相信這些有益於羅瑟家的說法，卻不再認為一切都很可疑。

「除了佐治先生，『城塞系列』第一型式都被我們送上絕路，我們羅瑟家一直很後悔。」

恩斯特以悲痛表情說。

雷歐無法從他的表情看出虛偽。

「羅瑟魔工所原本應該收手不再培育調整體。但我們太深入這個世界，變得無法只以自己的意願決定今後要做什麼或是不做什麼。」

「嗯……這部分我隱約可以理解。」

雖然規模和羅瑟家完全不同，但雷歐老家同樣無法拋棄過去的枷鎖。雷歐自己毫無感覺，但是對姊姊來說也是一種煎熬吧。不過現在不能扔下家裡那些他照顧的人們。

「這就是想延攬你的原因。」

雷歐嚴肅地皺起眉頭。

「意思是要我成為白老鼠？」

雷歐的聲音蘊含殺氣。應該說是野獸面對敵手時的鬥氣。站在露出利牙的老虎或獅子面前還能心平氣和的人類不多。

「不不不，怎麼可能。」

恩斯特・羅瑟這個人似乎擁有這種例外的膽量。

「我們不會進行人體實驗這種野蠻的行徑。」

「你們以前做過不是嗎？」

面對雷歐咄咄逼人的這句認定，恩斯特依然不改從容。
「這我不否認。但如果容我說個藉口，進行過人體實驗的不只是我們羅瑟。」
恩斯特的「藉口」是雷歐也知道的歷史事實，聽到這種說法，他也只能沉默不語。
「我們希望你協助訓練調整體。」
「訓練？跟實驗不一樣嗎？」
雷歐這個問題並不是沒包含挖苦，但疑問的成分居多。
「魔法科高中或魔法大學進行的魔法技能開發課程不叫實驗吧？這是相同的道理。」
「教練這種工作，我做不來啊。我還是高中生，而且是不成材的劣等生。」
雷歐不是真的自卑，只是在委婉拒絕。
但是恩斯特拿這個論點反將一軍。
「你之所以沒有順利進步，是因為魔法科高中的課程不適合你。『城塞系列』被賦予專精近戰的能力。遠距離的攻防交給普通兵器就好。你們是預設在戰鬥最終局面占領據點，或是在撤退時保護重要人物的魔法師。想必一定有跟代替普通兵器的魔法師不同的訓練方法。我想請你設計這樣的課程。」
恩斯特希望雷歐擔任的角色不是魔法師，而是研究員。雷歐覺得恩斯特這番話怪怪的，卻無法指出具體上是哪裡出問題。

雷歐絕對不遲鈍，也不愚笨。只是不知道魔法研究跟魔法師的開發是如何進行的。

如果達也在場的話，應該會發現恩斯特的邀請不自然吧。但是高中生一般沒有這方面的具體知識。

「我當然保證會給予你優渥的待遇。或許你並沒有概念，但是將來我會準備總公司部長級的待遇。」

「……雖然您難得這樣邀請，但我心領了。」

表面上聽起來是利多，但雷歐相信自己的嗅覺。

「對於現在的生活，我也不是完全沒有不滿，但也不會想去陌生國度重新來過。」

雷歐像是想到有趣的玩笑話般咧嘴一笑。

「因為我只是個小市民。」

不過說來遺憾，恩斯特完全不領情。

「不需要這樣急著下結論吧？」

恩斯特笑咪咪的表情完全沒變，繼續勸說雷歐。

「雖說是外國，對你來說也不是毫無關係的土地。而且德國有一群同伴需要你的協助。」

「同伴？」

雷歐停頓片刻之後，臉色大變。

「難道說，你們在製作和爺爺一樣的調整體……？」

「說來遺憾，我們也不能基於一己之見就捨棄已經完成的技術。」

恩斯特這番話只聽語氣的話，聽來充滿苦惱。

「只不過，現在並不像以前那樣。出現精神障礙的症狀減少許多。相對的，能力比不上奧斯托布魯克先生那個時期，但畢竟人命第一。」

雷歐的手微微發抖。因為不將拳頭握緊到會顫抖，就無法克制想揮拳的衝動。

為了提高生存率而降低性能。這確實是事實吧，但是動機絕對不人道。投注高成本製作的兵器要是輕易自毀，就會虧本。如此而已。

如果真的擔心魔法師的生命安危，就不會重啟除了一人以外悉數自毀的「城塞系列」製作計畫。面前名為恩斯特．羅瑟的這個男性只把調整體當成工具——

恩斯特應該也知道雷歐是氣到發抖。無法從表情或舉止解讀對方心理的遲鈍人種，無法勝任交涉的工作。

然而恩斯特繼續說出更加激怒雷歐的話語。

「如果你希望的話，也可以讓你加入羅瑟一族。你剛才很在意千葉艾莉卡和我們羅瑟家的關係吧？」

雷歐沒回應。

恩斯特不等雷歐回應。

「她是……」

不能聽。雷歐瞬間有這種感覺。

「協助佐治先生逃亡的……」

但雷歐沒能打斷恩斯特的話語。

「魯卡斯・羅瑟的孫女。」

「那麼……」

「是的。她是前任當家巴斯帝安・羅瑟的曾孫女，是貨真價實的羅瑟家一員。」

「艾莉卡是……羅瑟家的一員……？」

雷歐愣愣低語。比起剛才聽到「城塞系列」還在生產的真相，他現在受到的震撼更強烈。

恩斯特對無法反駁的雷歐輕聲說出甜言蜜語。

「我們預定請她收下相當的報酬，放棄關於羅瑟家的各種權利……不過你希望的話，她可以任憑你處置喔。這個女孩對羅瑟家來說沒有意義，但確實流著家族的血。你如果是她的丈夫，應該沒人會對你要成為羅瑟家的一員提出異議吧。」

「開什麼玩笑！」

雷歐大吼。他跨越男女隔閡，將艾莉卡當成同伴。雷歐認為艾莉卡是個了不起的傢伙，無關她的性別，且對她抱持敬意。恩斯特將艾莉卡當成政治婚姻的棋子，雷歐難忍怒火。

然而雷歐的認知還太天真了。

「不需要想得這麼拘謹喔。雖說是丈夫，也只是建立血緣關係的權宜之計。我們要求不多，只要讓她生子就好。那個女生外表挺標緻的，你也不抗拒吧？」

恩斯特不是為了故意激怒雷歐而提出這個條件。千葉艾莉卡在恩斯特眼中也是個美麗的少女。他只是認為「美女任憑處置」聽在男性耳裡非常吸引人。

總歸來說，恩斯特是庸俗之輩，但他的想法並不奇怪。財富、地位、名譽、尊嚴或是美麗的異性。這是普遍常見的報酬，在社會上廣為通用。

恩斯特只是做錯選擇罷了。

這個錯誤引得雷歐更加憤怒。

雷歐的自制心發出聲音，失去了控制。

「你這傢伙！」

雷歐並不認為自己是「戰士」，不過把艾莉卡成「戰友」。戰友受到侮辱，使得雷歐終於無法自制。

雷歐就這麼坐著往上踹開隔開自己與恩斯特的桌子。

飲料放在邊桌，所以杯盤沒有摔破，但桌子發出刺耳聲音摔往牆邊。

桌子還沒靜止，雷歐就起身高舉右手。

恩斯特也隨後起身。他的體型和中年肥胖無緣，然而不是戰鬥員或運動員的生意人的他，有這種反應速度很令人驚訝。

雷歐揮出右拳。

任憑憤怒揮出的這一拳動作很大，卻不是普通人躲得開的速度。

事實上，恩斯特沒躲開雷歐這一拳。

恩斯特面前極近距離的位置出現魔法護壁，擋住雷歐的右拳。

這道護壁的性質，應該是以和術士設定相對距離形成的。恩斯特跌坐回剛才起身的沙發。承受他身體的沙發差點順勢翻倒，不過沙發發出響亮的聲音後，沙發腳回到了地面。

「你……原來是魔法師？」

「……不過是三流等級。」

以揮拳之後的姿勢俯視的雷歐，以及抓著扶手仰望的恩斯特，都掛著驚訝表情簡短問答。

「怎麼回事？分社長，您沒事吧？」

隔壁房間大概也聽到了桌子與沙發發出的聲音，有人正大力敲著門。

恩斯特遙控打開門鎖。

大概是知道門鎖開了，女祕書馬上開門衝進來。

艾莉卡隨後入內。

「分社長，剛才怎麼了？」

「我沒事。我們沒怎樣。」

恩斯特笑著搖頭。

女祕書並沒有因此接受恩斯特的解釋，但她沒繼續詢問。

「雷歐，他對你說了什麼？」

另一方面，艾莉卡則似乎光是看到雷歐與恩斯特的姿勢，就猜出剛才大致發生什麼事了。她明知如此，還是詢問雷歐原因。

「沒什麼啦。」

雷歐看都不看艾莉卡。

艾莉卡也沒有繼續逼問。

「是喔。那就走吧。」

還以為艾莉卡如此催促雷歐之後會直接離開房間，但她沒有立刻轉身。

「我知道你們的用意了，請找律師問結論吧。」

她對恩斯特這麼說。

「需要正式文件的話我會簽名，寄到我家吧。因為今後沒必要特地來找我談了。我當然也不打算主動過來。」

所以別再找我過來了。艾莉卡如此暗示之後，這次真的轉身背對恩斯特離去。

◇◇◇

恩斯特不是請飯店職員，而是派自己的部下，也就是日本分公司的員工清理房間之後，要求包含祕書的所有人離開。

老實說，和雷歐的那場對談只能以「不愉快」來形容。不過，因為協商而留下不愉快的回憶是稀鬆平常的事，老是記恨的話做不了生意。

恩斯特自己拿起威士忌倒入小酒杯，仰頭一口喝光。比起德國的蒸餾酒「科恩」或「阿夸維特」，他比較愛喝蘇格蘭威士忌。但並不是喜歡外國酒。雖然不知道是否能當成證據，但他不愛喝白蘭地。

令他記恨到必須靠酒精催化的，並不是雷歐那件事。雖然不是完全無關，但是對雷歐這個人本身的不悅沒什麼大不了。他下定結論覺得西城雷歐赫特終究是個孩子，不予追究。

那麼，他是在氣艾莉卡的態度嗎？倒也不是。雖然關連度比雷歐高，但問題依然不在艾莉卡身上。

成為不悅的魚刺插在恩斯特內心的事，是艾莉卡的爺爺——魯卡斯・羅瑟的事。

羅瑟一族的汙點。

卑劣的逃亡者。

粗心的背信者。

恩斯特的伯父踐踏了羅瑟家直系的責任義務與信用，以任性的私奔為眾人帶來莫大的困擾與損害。

魯卡斯捨棄家系決定的未婚妻，和日本女性私奔，害得羅瑟家有好一陣子在歐洲社交界丟臉到家。如果沒有那則醜聞，就不會容許馬克西米利安研發中心侵蝕歐洲市場。

搬到日本的他，沒有在背地裡和日本政府簽訂密約。為了讓德國政府了解這一點，羅瑟魔工所不得不取消進軍日本。這不只損失了市場，在技術研發層面也有著不容忽略的負面影響。

不過，如果魯卡斯是個只對女人感興趣的傻子，造成的危害還比較少。因為他聰明而且腦筋動得快，所以羅瑟家誤判了和他切割的時期。原本應該在更早之前——在他離家之前就將他逐出家門。

沒錯……在他協助佐治・奧斯托布魯克逃亡時，就該這麼做。

恩斯特對雷歐述說的內容，在這一點上包含了造假的部分。

羅瑟魔工所沒有釋放佐治。羅瑟家沒有容許他逃亡的意思。

協助佐治逃亡是魯卡斯．羅瑟的獨斷行徑。不，逃亡的主謀不是佐治本人，是魯卡斯。

當時的真相是這樣的。

魯卡斯去美國旅行時，挑選佐治擔任護衛。魯卡斯當時雖然是十四歲的少年，卻是肩負羅瑟直系的任務前往美國，而且中南美也經常發生堪稱第三次世界大戰前哨戰的地區紛爭。魯卡斯身為羅瑟家的直系後代，指名當時最強的肉搏戰士兵「城塞系列」擔任護衛是很自然的事，旁人也視為理所當然。

然而這是魯卡斯．羅瑟的計謀。他將佐治帶到監視眼線鬆散的國外，再自己洩漏情報引誘反政府恐怖分子前來襲擊，趁交戰的時候讓佐治逃走。

直到一年後確認佐治在日本活得好好的，羅瑟家才得知這一切都是鬧劇。當時世界各地已經爆發區域戰爭（已經不是能只以「紛爭」形容的等級了），不可能從日本將透過正規手續入境的佐治帶回來。

佐治．奧斯托布魯克逃亡真相曝光的時候，羅瑟家的繼承人名單已經把魯卡斯排除在外了。然而魯卡斯被公認是前任當家巴斯帝安五名子女之中最優秀的一人，羅瑟家系的大人們捨不得他的才華。雖然不能讓魯卡斯繼續參與高機密的軍方相關工作，眾人卻貪心地認為可以將魯卡斯當成一般業務的管理者，或政治婚姻的棋子。

（結果就是那副德性。）

最後，魯卡斯只為羅瑟家帶來損失。他恩將仇報，沒有贖罪就離世了。

既然這樣，那叫他的孫女幫忙做點事，應該也不會遭到報應。

恩斯特以帶點醉意的腦袋思考這種事。

大概是在內心大吐苦水之後滿足了，恩斯特的思緒焦點從艾莉卡移向雷歐。

（話說回來，西城雷歐赫特的那種力量……）

那是真貨。光是能夠確認這一點，今晚就算是有所收穫。

這絕對不是微小的成果。

（他居然用臂力打飛中和動能的反物質護壁……）

恩斯特確實是魔法師。再說，沒有魔法造詣就當不成魔工師。雖然無法使用魔法也能開發魔法工學產品，但是能使用魔法是一大優勢，不能使用魔法是嚴重的劣勢。羅瑟家系因為本身就能使用魔法，才得以在魔法工學產業的黎明期成為先驅。

只是即使說客套話，他們的能力也不足以稱為一流。反過來說，他們就是因此才沒有全數被派到前線利用殆盡，有餘力以技術人員的身分獲得成功。

正如恩斯特本人所說，他的實力很差。自稱「三流」不是謙虛也不是謊言，他的魔法力頂多是二．五流的等級。

那恩斯特為什麼擋得住雷歐的拳頭？祕密在於他使用的ＣＡＤ。

完全思考操作型CAD。羅瑟魔工所領先世界進入量產程序的最新機種。介面為了思考操作而全部重新設計，成功讓精確度接近手動操作，速度更是超過手動操作的魔法輔助工具。正因為擁有這樣的速度，恩斯特說客套話也不算快的發動速度才來得及架設魔法護壁。

然而，就算靠著CAD提升發動速度，也無法強化干涉力。當時的護壁強度和他的魔法力相當，只算是差強人意。

即使如此，以魔法來說還是算成功了。暫時改寫物理法則的魔法確實發揮了效果。

他當時使用的魔法，是透過動能的中和造成運動物體停止。恩斯特的這個魔法，原本應該使得雷歐的拳頭從揮出到接觸護壁這段距離的力道被消除，「毆打」因而變化成「推壓」。

但雷歐的右手臂卻將恩斯特不胖不瘦的高大身體推倒。不對，是震飛。

那股力氣跳脫人類這種生物可能擁有的範疇。這句話的意思並不是人類不可能發揮那種威力。以雷歐的肌肉量，本應不可能從完全靜止的零距離擠出足以打飛恩斯特的力氣。

恩斯特不相信真的有技術能夠激發出日本稱為「火災現場蠻力」的人類潛在肌力。他認為限制器就是有其意義，才會存在。

雷歐當時的力量，不是這種非科學性的巧合產生的。

對於恩斯特來說，認為是雷歐體內的「城塞系列」基因產生作用比較合理。

（他果然值得使用稍微強硬的手段來獲得。）

恩斯特決定從本國叫來他的部下——第三型式「城塞系列」的瓦爾布魯克姊妹。

◇ ◇ ◇

九校戰的會場在國防軍軍區，但是會場發生的事情並不是只有國防軍在密切注意。即使在這個時代，侵犯地盤也會被強烈批判為不講道義，所以不能過於高調，但其他的情報機構也有派遣諜報員潛入。只要是暗中行動，國防軍也會當成「彼此彼此」而視而不見。

身為公安管制員的小野遙，也是潛入九校戰會場的諜報員之一。她擁有「第一高中輔導老師」這個頭銜，所以或許比其他同行輕鬆。雖然這麼說，但這只是不用辛苦找藉口解釋自己為何在會場，諜報工作本身並沒有平坦的捷徑。

她這次的任務（本人主張，這是副業）是監視受邀的外國賓客。對於日本或是國防軍來說，不能惹這些人不高興，加上不得不認可他們擁有特權上的自由，所以很容易成為洩漏國家機密的管道。

既然不能在表面上限制行動，就只能在背地裡監視。九校戰邀請的外國政府官員、外國學者以及多國籍企業幹部，每人都有兩三人或是更多人監視。

遙監視的對象是魔法工學產品的領導公司——羅瑟魔工所日本分公司社長恩斯特．羅瑟。

接到這項任務時，遙認為「這次是輕鬆的工作」。

魔法工學產品的市場規模小，因此從營業額來看，羅瑟魔工所不是什麼大公司。不過魔法在軍事領域的存在感愈來愈強烈，考量到魔法的價值，該公司在國家或軍方眼中的價值，比起軍艦或軍機的龍頭企業是有過之而無不及。尤其在去年秋天發生震撼全球的「灼熱萬聖節」之後，其地位有增無減。

國防軍必然得給予恩斯特．羅瑟相當自由的權限。就這點來說，監視他的眼線必須密集到連一瞬間都不能有所閃失。

遙聽上司對她叮嚀過許多次，卻擅自樂觀看待。恩斯特不只是日本分公司社長，也是極接近羅瑟本家直系的人，也有傳聞指出他是總公司下任社長候選人。

這樣的人不可能犯罪或鬧出外交問題。

她毫無根據地如此斷定。

（我這個笨蛋……）

但是遙在九校戰第一天就體認到自己多麼天真。

恩斯特偏偏就是和她正職（遙本人如此堅稱）職場──第一高中的學生鬧出糾紛。

施暴與擅用魔法。

施暴案件是指雷歐單方面毆打恩斯特，擅用魔法是指為了抵禦暴力而使用護壁魔法。表面上看來是正當防衛，恩斯特沒有過錯。

然而這是恩斯特邀請雷歐進入密室而引發的事件，而且羅瑟那邊企圖隱瞞，背地裡顯然藏著麻煩的隱情。

遙知道艾莉卡是羅瑟前任社長的曾孫女，也知道雷歐是德國開發的最初期調整體的後代。羅瑟前任社長巴斯帝安先前過世產生的繼承問題也在遙掌握之中。但遙沒想到會在「這裡」發展為糾紛。堂堂的羅瑟魔工所日本分公司社長居然和高中生起衝突，這超過了遙的想像力。因為遙下意識認為恩斯特．羅瑟這名人物待人接物的態度應該更成熟穩重一些。

「今年不用和司波同學扯上關係，我還以為會很輕鬆……」

遙輕聲發牢騷。九校戰開始前她曾向上司申請「監視達也與深雪的職責交給其他成員」。達也與深雪認識她，所以要是過度出現在兩人周圍，一定會被察覺有異。那兩人不是普通的魔法科高中生。不枉費她拚命這樣訴求，公安追加派遣了管制員過來（這名公安成員被達也輕易甩開，完全沒能察覺他暗中所做的一切）。

取而代之被分配給遙的任務是監視恩斯特．羅瑟。如前面所述，她接到這項任務時覺得很幸運，實際上卻是如此。

（居然從德國調度新型調整體，以及還沒生產上市的最新魔法裝備……這表示他完全不想讓事情和平落幕是吧？）

面對運用自己特殊技能收集的調查結果，遙預測到接下來將會發生多麼棘手的事，且確信自己難免被捲入，正感到束手無策。

◇◇◇

八月十四日，星期二的夜晚。

第一高中的學生因為今天在「祕碑解碼」獲勝而樂不可支。

他們不論男女都陷入亢奮狀態，是因為本屆九校戰持續苦戰的壓力所產生的反彈。一高有一陣子被三高領先一百分，不過終於在昨天的「幻境摘星」超前，成為第一。但如果在今天的「祕碑解碼」敗給三高，積分差距就會縮小為十五分。

結果一高第一名，三高第二名。兩校積分差距達到九十五分。兩校分數差距幾乎是三高得到最大領先的第三天結束時的相反情況。

目前並非確定奪下了優勝。三高可能再度反敗為勝。不過考量到彼此的戰力，這個可能性小到可以忽略。一高學生目前懷抱著稍微提早辦慶功宴的心情，樂不可支。

不只是選手與後勤人員，前來外宿加油的學生也同樣興奮。吃完晚餐之後，他們也相互討論至今的艱苦戰鬥，預測明天應該也會回應眾人期待的選手將如何活躍。

然而在任何地點、時間與場合都會有例外。

比方說，達也離開代表團的圈子，在九重八雲的見證下，和藤林響子密談。

比方說，艾莉卡避開美月與其他朋友的目光，悄悄來到雷歐的房間。

雷歐住的是小小的單人房，完全不適合多人喧鬧。現在房裡也只有雷歐與艾莉卡兩人。但是艾莉卡的目的不用說，當然不是幽會。

「在那之後，羅瑟對你說了什麼？」

「什麼都沒說。」

「這樣啊……」

「那妳咧？他有對你說什麼嗎？」

「什麼都沒說。」

艾莉卡不惜冒著招致朋友與熟人嚴重誤會的風險也要單獨來見雷歐，是因為在意恩斯特・羅瑟的動向。九校戰第一天夜晚，恩斯特以強硬手法和兩人接觸，但是在那之後就沒出現在艾莉卡與雷歐面前，也沒派使者過來。

「當時講的事情應該也不是開玩笑的吧。」

艾莉卡在那個場合的回覆正合羅瑟的意，所以對方可能不再對她感興趣。然而羅瑟不顧一切延攬雷歐的行徑，應該不會僅止於那天晚上。

「但願如此了。我這邊的事情很單純，但他們對你的示愛，應該不是會那麼輕易就收回的東西吧？」

「居然說『示愛』，妳啊……」

「示愛」這個形容令雷歐板起臉。

但他沒有繼續離題抱怨。

「他們對妳的要求也不是可以輕易解決的吧？總歸來說就是錢的問題，要說單純或許單純吧，但這可不是平民的遺產。就算妳說『不需要』，對方應該也沒辦法輕易相信吧。」

「就算金額再大，依然是單純的金錢問題。」

艾莉卡露出無趣的眼神說完，接著改為嚴肅看向雷歐。

「不過他們想延攬你是軍事考量。不可能只被拒絕一次就放棄。」

雷歐與艾莉卡正在交換情報，告知羅瑟分別對他們提出什麼要求。

艾莉卡說自己是羅瑟家前任當家的曾孫女，處於繼承羅瑟部分財產的立場。

雷歐說自己繼承羅瑟製作的調整體基因，被要求協助改良現在「生產中」的調整體——關於艾莉卡可以任他擺布的事情則是三緘其口。

不提雷歐，艾莉卡原本很猶豫是否要表明自己和羅瑟家的關係。她不知道雷歐已經聽恩斯特說明了，所以更加猶豫。但要是不了解彼此的隱情，兩人之間的溫差恐怕會被對方趁虛而入。如此判斷的艾莉卡提議並肩作戰。

「他們反倒不在乎你的意願吧？」

「要硬來喔……妳的幻想就是讓人笑不出來這點可怕。」

「怕嗎？」

艾莉卡這聲詢問也可以視為挑釁。

「怕。」

雷歐沒作勢逞強，點頭回應。

「因為我這件事可能會殃及朋友啊。」

「應該不會吧？」

雷歐的回答沒令艾莉卡感到意外。相對的，她只是淡然否定雷歐的擔憂。

「因為對方是擁有地位與立場的大企業管理家族。要是動用強硬手段，還在事後被揭發，他們受到的傷害會比較嚴重。」

「他們是不是認為這種事掩蓋得掉？」

「如果在他們的主場或許可以，但這裡是日本。我不會說他們掩蓋不掉，但是耗費的成本應該大到無法接受吧。」

「到最後還是向錢看啊。」

「對方是生意人喔，這是當然的吧？」

雷歐似乎接受了艾莉卡的粗魯理論。

「那麼，就算對方要襲擊，也會『神不知鬼不覺』是嗎？」

「或許會下藥把你帶走呢。」

至今都掛著消遣笑容的艾莉卡說完這句，表情變得嚴肅。

「既然到今天都沒有下手，那大概是想等我們回家再行動吧。畢竟這裡是軍方管區，對方或許認為這麼做比較確實。」

「很有可能。不過啊，也可能是先故意讓我們這樣認為，再趁我們粗心的時候出招。」

雷歐的反駁使得艾莉卡眨了眨眼。

「……妳那意外的表情是怎樣？」

「真意外……你居然會想得這麼周到。」

「妳喔……」

聽艾莉卡講得如此失禮，雷歐不是生氣，而是感到全身無力。

「啊，我不是在瞧不起你喔，是由衷佩服你。」

「妳這就是在瞧不起我啦！」

這句話也不是在嗆聲，聽起來比較像是在吐槽。

「別氣別氣。總之，你說的也有道理。我們盡量提高警覺吧。」

「我們也沒辦法多做什麼，畢竟不能主動出擊。」

「很遺憾就是了。」

艾莉卡聳肩同意雷歐的說法。

◇　◇　◇

恩斯特・羅瑟並不是基於某種策略，才在九校戰期間一直按兵不動。是因為監視過於嚴密，使他無法貿然行動。

監視眼線是從八月六日早上開始變得嚴密。從時間點來看，原因應該是他接觸西城雷歐赫特與千葉艾莉卡。

恩斯特不得不承認自己小看了日本諜報組織的能力。因為在密閉房間裡發生的騷動即使沒鬧大，對方依然立刻掌握恩斯特引發了糾紛。

當時確認過室內沒有加裝竊聽器或針孔攝影機。恩斯特不知道對方是以何種手段得知室內的狀況，所以更不敢輕舉妄動。

但是今年的九校戰將在今天八月十五日結束。不能再繼續毫無作為了。

恩斯特不惜使用粗魯手段這一點符合艾莉卡他們的推測，但兩人認為恩斯特想避免在基地裡鬧事是誤判。與其在市區下手，恩斯特更想在基地裡做個了斷。

羅瑟魔工所是魔法工學產品製造商，不過從原始性質來看比較傾向軍需企業。USNA的馬克西米利安研發中心也是這種背景。雖然在日本也和國防軍擁有暢通的管道，可在維護市區治安的警界中卻幾乎沒有發言的影響力。用來強渡關山的交涉材料，在國防軍基地裡比較豐富。

恩斯特感到焦急。

「分社長。」

不惜冒著暫時和日本當局敵對的風險，也要帶走西城雷歐赫特嗎？還在如此猶豫的恩斯特吃完早餐時，先前接待艾莉卡的那名女祕書來報告一件事。

「日軍內部發生抗爭？真的嗎？」

「是的，分社長，確認無誤。」

「這樣啊……」

這或許是機會。

恩斯特迅速思考。

「叫琳達與艾瑪過來。」

「是。」

祕書從恩斯特面前離開沒多久，兩名年輕女性就取而代之地出現在他面前。

兩人年齡看起來都是二十出頭。將近一七〇公分的高挑身材，健美偏瘦的體型。眼睛也同樣是淡褐色，還一樣將銀色頭髮剪短。

雖然不像同卵雙胞胎那麼如出一轍，外表卻相似到無法解釋為純屬巧合。大部分的人看見她們，應該都會判斷兩人是同卵雙胞胎或是年齡相近的姊妹吧。這樣的推論沒錯。

「琳達・瓦布魯克前來報到。」

「艾瑪・瓦布魯克前來報到。」

這兩人不是同一個母親生的姊妹，但在基因層面上要稱為姊妹也不為過。羅瑟內部也稱呼她們「瓦布魯克姊妹」。

她們是將相同男女的精子與卵子結合為受精卵，以相同的調整設計圖加工，從同型的人工子宮以間隔約一個月的時間先後誕生的最新型「城塞系列」調整體。在稱為「第三型式」的版本裡是公認最成功的兩具個體。

琳達先從人工子宮產出，所以她是姊姊，艾瑪是妹妹。不過這兩人之間沒有姊妹親情。雖然對外是互稱「艾瑪」與「姊姊」，卻始終只是種角色扮演，實際上彼此只將對方視為工作上的搭檔兼對手。

「今天要請妳們兩人進行別的任務。」

這兩人是以「保護恩斯特」的名義，從德國受命前來。

「不對，應該說是回到原本的任務。」

實際上卻是前來日本擔任戰鬥要員，要將西城雷歐赫特抓回德國。

「終於要下手了嗎？」

艾瑪洋溢些許期待地詢問。「城塞系列」基於性質經常用於護衛任務，慣於保護重要人士。但這次有預先告知是逮捕作戰，對方是和她們相同的調整體魔法師。她壓抑可以將獲得的能力發揮到極限的這份期待至今，終於聽到要執行「原本的任務」，使艾瑪藏不住躍躍欲試的心情。

「沒錯。」

恩斯特的回答沒違背艾瑪的期待。

「成功排除日軍的監視了嗎？」

能夠和第一型式交戰——正確來說，是得到機會證實自己所屬的第三型式優於第一型式，琳達同樣忍不住亢奮。「城塞系列」的第二型式為了提升生物層面上的穩定性，採取的改良方向是將第一型式的「超人士兵」性能降級。第三型式是兼顧生物穩定性與超人士兵性能的最新版本，但被認為若只評價戰鬥能力，就不如第一型式。

雷歐不是道地的第一型式，他混有調整體與魔法師以外的血統，卻繼承了第一型式的特徵。不只是恩斯特，羅瑟的技術人員也認同這一點。瓦布魯克姊妹認為只要打倒雷歐，就能在某種程度上顛覆以往對於第一型式與第三型式的評價。

然而即使是個性比艾瑪稍微慎重的琳達，也無法忽視一直到今天都被迫限制行動的狀況。

「日軍內部發生了抗爭。雖然幾乎不可能演變成大規模的爭鬥，但反倒是事後處理會很麻煩吧。他們在進行九校戰競賽的時候不能有太大的動作。既然這樣，我認為比賽結束之後，監視我們的人員應該會被調去處理那邊的問題。」

恩斯特這番話幾乎都是他的推測，但琳達沒有插嘴質疑。艾瑪當然也一樣。

「不用理會日軍以外的監視是吧？」

艾瑪這道詢問也沒有除了確認以外的意義。

「如果是在基地裡，只要別被軍方發現都好解決。」

琳達與艾瑪朝恩斯特端正了自己的姿勢。

「今天比賽結束之後，將西城雷歐赫特引誘到四下無人的場所，由妳們逮捕他。」

「是。」

琳達以沉穩語氣接下恩斯特的命令。

「執行本任務的時候，允許妳們使用『魅影裝甲』。」

「知道了！」

艾瑪以透露興奮情緒的表情回應恩斯特的指示。

◇◇◇

八月十五日。二〇九六年度九校戰最終日，上午九點二十五分。

在上午的競賽項目——女子組「越野障礙賽跑」開賽五分鐘前，幹比古出現在第一高中的加油席。

「咦，吉田同學？」

美月之所以會率先察覺，只是因為她坐在靠走道的座位，而幹比古從這條走道走上來——大概吧。

「柴田同學，早安。」

幹比古說完停在美月身旁，在環視加油席之後嘆口氣。

「傷腦筋……都坐滿了。」

如幹比古所說，一高加油席已經坐滿了學生與教職員。只要在這項競賽沒發生太大的失誤，一高就能確定奪冠，大家當然也會熱情加油。

「幹比古，要不要跟你換？」

雷歐隔著美月與艾莉卡向幹比古說。

「不，免了。」

幹比古搖頭阻止正要起身的雷歐，直接坐在通道的階梯上。

美月露出有點不知所措的表情，艾莉卡則從她身旁探頭對幹比古說話。

「Miki，你怎麼特地來到加油席？選手不是用帳篷裡的螢幕觀戰嗎？」

幹比古露出含糊笑容仰望艾莉卡。

「是沒錯，但我有點覺得不自在。」

艾莉卡知道幹比古生性有點怕生，所以沒問原因。幹比古在「祕碑解碼」的隊友是學長，二年級的隊友與技術人員中也是除了某人以外，都不是幹比古經常來往的對象。

「達也同學呢？」

艾莉卡沒問他為什麼來這裡，而是改問這個問題。

「達也弄好女選手的ＣＡＤ調校，現在回房休息了。」

幹比古的回答令美月表示驚訝。

「咦，他還好嗎？」

「我想他只是累了。這也是難免啦。他一直到昨天都在全力以赴，今天早上還調校五人分的ＣＡＤ。總覺得請他擔任我下午競賽的工程師，讓我好過意不去。」

男子組「越野障礙賽跑」是下午兩點開始，達也只負責幹比古一人。感覺上午和下午分配不均，但這樣分配是因為女選手們希望由達也負責，而達也也接受她們要求的結果。

「以達也的能耐，應該上午休息過後就沒問題了吧。」

「既然下午只負責Miki，應該不會造成太大的負擔。」

不提雷歐，艾莉卡像這樣出言安慰幹比古，應該多少是考量到他身為選手的心情吧。

「但願如此……」

幹比古的反應很含糊，臉上表情也是很含蓄的笑容。

老實說，幹比古認為要是有突發狀況，也可以由他自己調校。

沒椅子坐的不只是幹比古。直到即將開賽，加油的觀眾都還在持續增加，通道的樣貌如同上個世紀元旦或中元時期的返鄉列車。

以飛船吊在空中的大型螢幕顯示出的時鐘上，時間是九點二十九分。

「終於要開始了啊。」

雷歐雙眼散發著期待光輝。

「會是什麼樣的比賽呢？」

「真的猜不到。因為甚至不知道會面臨什麼障礙。」

幹比古搖頭回答艾莉卡提出的疑問。

「越野障礙賽跑」是今年開始採用的競賽項目。原本純粹是軍方的訓練課程，幾乎沒有公開當成競賽的前例，所以沒人預測得到會發生什麼事。

「但願不會發生什麼危險……」

美月說出內心對比賽的不安。畢竟雖然是魔法師的種子，卻要未成年的高中生要進行這種競賽。即使照理說會確保選手安全，擔憂的念頭依然揮之不去。

在這樣的期待與不安的漩渦之中，空中的秒針走向頂端。細長秒針指向正上方的同時，四十一個起跑的槍聲宣告比賽開始。

開賽之後五分鐘。目前戰況是各校並駕齊驅。

「五分鐘一公里啊。這個速度算快還是慢？」

幹比古回答雷歐的疑問。

「即使考慮到賽場在森林裡，也是慢了些。不過當然是以有魔法輔助的速度來看。」

「這樣時速是十二公里吧？我認為沒用魔法輔助也不是辦不到，不過這就表示在陌生森林裡前進就是這麼辛苦是吧。」

「畢竟這不是單純的森林，裡面還設有陷阱。我想，大家應該都在觀察情況吧？」

「而且視野範圍差到超乎預料。我想也是因為不知道跑多快是在安全範圍內，所以抓不到前進的步調。」

艾莉卡述說的比賽感想和幹比古的角度不盡相同。不只是雷歐，幹比古也理解她的說法。

「如果沒有實況轉播的攝影機，根本不知道裡面發生什麼事……不對，攝影機好像也有很多死角，說不定有可疑人物闖入賽場，也不會發現。」

「艾莉卡，不要講得這麼恐怖啦。」

艾莉卡不經意的這段低語，使得美月打了一個哆嗦。

「抱歉抱歉。」艾莉卡察覺自己的思緒不知不覺朝著危險方向失控，連忙向美月道歉。

緊接著，加油席各處響起「啊～！」的哀號。

隨著這個聲音抬頭看去，就看見螢幕裡的花音滿身泥濘。

胸口以下還在泥沼裡。花音低著頭，看不出她的表情，所以不知道她有什麼想法或感受。

花音從泥沼抽出雙手。

下一瞬間——

泥沼爆發了。

螢幕裡的花音轉頭看向終點。

接著，轉播用的麥克風收到她的咆哮。

「——開什麼玩笑啊啊啊！這哪裡是軍事訓練啦！」

就當事人來看，這應該是由衷的吶喊吧。

然而加油席的第一高中學生們即使面帶歉意，也依然忍不住笑了。

艾莉卡與美月也不例外。

艾莉卡語出驚人的那段呢喃，就這麼被遺忘到比賽結束。

◇　◇　◇

「越野障礙賽跑」女子組的冠軍是深雪。第一高中其他選手的主要戰績是花音第二、穗香第五、雫第六。

男子組的冠軍是第三高中的一条將輝。第一高中選手中的幹比古第二，服部以第三名的成績抵達終點。

最後，由第一高中奪下了連續四年總冠軍的榮耀。

大概是因為他們深感今年一直陷入苦戰，一高代表隊還沒開始舉辦慶功宴，就洋溢起慶祝的氣氛了。不只是選手與後勤人員，擔任練習對手的自己與艾莉卡想必也會被拖去參加慶功宴吧。

雷歐如此心想。

雷歐不討厭熱鬧慶祝。反而算是積極同樂的類型。

然而雷歐不喜歡明明沒什麼太大的貢獻，卻擺著一副當事人的樣子出風頭。

或許，他實際上很羨慕那些獲得戰場的選手們。或許，他下意識地不想露出嫉妒之類的丟臉模樣。

屬於冠軍校特權的慶功宴，會在賽後舞會結束之後舉辦。

雷歐在舞會開始之前溜出飯店。

他有一個不良嗜好。不對，與其說是嗜好，更像是習慣。

就是生性愛徘徊。

不是走路、跑步或大喊，是在夜間徘徊。

愈接近深夜，就愈想漫無目的四處閒晃。

現在這個時刻要說深夜還太早，但今晚不知為何，雷歐感覺黑夜的誘惑比以往還要強烈。

他走向沉入黑暗的森林，尋求四下無人的場所。

演習森林的戒備有故意放鬆，原因是期待無人魔法兵器「寄生人偶」的相關人員現身來湮滅證據。

不知情的雷歐仗著沒人叫住他，進入當成「越野障礙賽跑」賽場的森林深處。

◇◇◇

恩斯特立刻就收到了雷歐溜出飯店的消息。

他原本預定在賽後舞會的時候，引誘雷歐前往無人的場所，不過雷歐自己遠離人群正合恩斯特的意。

只是這麼一來就不知道他會去哪裡。無法由己方選擇下手地點。

恩斯特命令瓦布魯克姊妹追蹤雷歐，附帶要求在不會有人妨礙的地方帶他回來。

瓦布魯克姊妹看著雷歐走向演習森林之後，便前往羅瑟魔工所的貨櫃型行動研究室。

她們要換穿魅影裝甲。

「魅影裝甲」是步兵用的高機動裝備。這一點和「可動裝甲」一樣。兩者只有頭盔形狀不同，除此之外無論配色與外型都很像。

然而「可動裝甲」重視移動速度與距離，被當作打擊力強大的游擊兵力運用，就某種意義來說是要當成單人戰鬥直升機使用。相對的「魅影裝甲」重視反偵測性能與感應裝置干擾功能，預設是用來執行潛入破壞或後方擾亂的任務，以及在建築物內部或森林等障礙物多的環境戰鬥。

「琳達・瓦布魯克、艾瑪・瓦布魯克，檢查魅影裝甲的功能。」

為了防止駭客入侵，「魅影裝甲」設計為獨立運作。對外的無線通訊只有語音，也沒有戰術資料連線機能，防範得非常徹底。

在行動研究室的技術人員催促之下，琳達與艾瑪啟動身上裝甲的自我診斷功能。

「所有機能無異常。」

「這邊也沒有異常。」

琳達與艾瑪回報護目鏡顯示的診斷結果。接著技術人員詢問「有沒有哪裡的動作不順」，兩人也回答沒問題。

「很好。那麼，祝兩位戰無不克。」

在技術團隊負責人這句話的送行下，兩人從行動研究室出擊。

琳達與艾瑪活用魅影裝甲的隱形性能鑽過基地監視網，追著雷歐入侵演習森林。

◇◇◇

察覺雷歐動向的不只是恩斯特。

將羅瑟當作共通敵人的艾莉卡，也在注意雷歐的動向。

所以她很快就察覺雷歐離開了飯店。

（那個笨蛋！居然在這種時候一個人閒晃！）

雷歐應該知道羅瑟很可能使用強硬的勸誘手段才對，具體來說就是企圖綁架。至少他和艾莉卡討論的時候，看起來是有理解到這一點。

（那個傢伙獨處的時候，連危機管理都不會嗎！）

「艾莉卡……怎麼了？」

大概是不知不覺將煩躁寫在了臉上吧。

美月以心驚膽跳的語氣詢問，艾莉卡驟然回神按住臉。

「啊，啊哈哈……沒事，沒事啦。」

艾莉卡連忙搖手掩飾。雖然美月歪過腦袋浮現問號，但總之看起來不再害怕了。

「啊，對了！」

看來成功掩飾過去了。如此心想的艾莉卡，裝模作樣地雙手一拍。

美月的疑問完全沒得到解答，但她乖乖等待艾莉卡說下去。

「我臨時有急事。不好意思，妳去找Miki吧。」

「咦咦？我做不到啦！」

艾莉卡這句話相當亂來，即使不是美月，也會回答做不到吧。幹比古預定出席即將進行的賽後舞會，那場舞會限定九校戰代表隊成員參加，和可以只認臉就進去的慶功宴不一樣。去年艾莉卡能夠潛入舞會會場，只不過是因為有預先受僱擔任服務生。

美月會不知所措也是理所當然的。但艾莉卡現在也沒有餘力為美月著想。

艾莉卡轉身背對困惑呆站原地的美月，跑離現場。

艾莉卡回到房間，拿起武裝一體型的ＣＡＤ離開飯店。這把ＣＡＤ是短刀造型，以形狀記憶合金打造，刀刃部分可以變化為棍棒。

艾莉卡知道雷歐往哪個方向走。

她要走出飯店區域時發現巡邏的衛兵，便躲到建築物的轉角處。雖然武裝演算裝置有變化成棍棒形態，避免引人注意，但是這把「形狀記憶棍刀」是已經商品化的武器，警方也從本年度開始採用。

國防軍士兵照理說當然會知道這種武裝一體型的ＣＡＤ。這間飯店因為目前正在舉辦九校戰，ＣＡＤ隨處可見，所以艾莉卡沒有被盤問，但軍方應該不會坐視她帶武器離開飯店吧。

艾莉卡要前往的地方，是國防軍用來演習的人造森林。

雖說如此，艾莉卡也確實不能一直待在這裡。因為她的知覺除了捕捉到雷歐的氣息，還捕捉到追蹤雷歐的兩個氣息。

為什麼自己要拚命到這種程度？如果現在這一瞬間有人這麼問，她應該不知道如何回答吧。就在艾莉卡沒能理解這一點，決定強行突破的這個時候……

「千葉同學。」

她聽到背後有人這麼叫，隨即轉過身。她差點將手上的武裝演算裝置維持棍棒形態揮出去，卻在前一刻打消念頭。

搭話的人站在差點進入艾莉卡攻擊間距的位置——不過艾莉卡只要有心，一瞬間就能將對方納入攻擊範圍。

「小野老師？」

艾莉卡的語氣充滿猜疑與警戒。

她沒有超感官知覺，所以看不到後面。但是像現在這樣將戒心研磨到極限時，她自信即使看不見，也能確實感應到別人接近。

然而艾莉卡不知道遙接近過來。在遙搭話之前，她甚至不知道遙就站在背後。

「……小野老師是什麼時候過來的？」

「不用這麼提防。因為在這個狀態下，我面對妳毫無勝算。」

遙說著舉起雙手。

艾莉卡感受到她沒有敵對的意思，也鎮靜了下來。

「剛才那是我的特技。應該說我只有這個專長。」

艾莉卡只經過一小段空檔，就理解到遙這番話的意思。

「我認為這是很了不起的特技喔。小野老師有那個意思的話，我背後早就被捅一刀了。」

「很難說。以妳的能耐，就算並沒有感受到任何氣息，感覺也只要有刀鋒靠近妳，就會展開反擊。」

艾莉卡與遙由衷稱讚彼此之後，才終於進入討論。

「千葉同學，那把演算裝置，我幫妳拿過去吧？」

「小野老師要幫我拿？」

「嗯。我可以神不知鬼不覺地將那把演算裝置帶進演習森林喔。」

這麼說來，這個人並不是外行人。艾莉卡回憶一年四個月前的事件，如此心想。

艾莉卡等人剛入學時，曾遭遇反魔法主義犯罪結社引發的大騷動「Blanche事件」。當時遙提供恐怖分子藏身處的情報給達也，艾莉卡也目睹了現場。

是軍方？情報局？公安？還是私人情報組織？艾莉卡對遙實際的所屬單位沒興趣，所以沒調查，但遙確定是「這方面」的人。至少艾莉卡是這麼認為的。

艾莉卡以盡顯猜忌的眼神注視遙。

「如果可以把我一起藏著走，我會很感謝的。」

不然妳可能帶著ＣＡＤ逃走不是嗎？艾莉卡話中暗藏這個意思，這個挖苦人的要求令遙露出苦笑。

「很遺憾，這並不是這麼方便的能力喔。如果只是幼貓那種的就可以藏著走，但人類的話就不行。」

「真遺憾。」

遙的笑容變成像是在挑釁。

「妳沒辦法相信我？」

「沒有根據能讓我相信妳。」

艾莉卡的回應冷淡到令人想稱讚了不起。

只不過，遙看起來沒有因而受到傷害。

「但我認為相信我比較好耶。」

遙這句挑戰性的批判，只讓艾莉卡思索短短數秒。

「如果說個能讓我接受的理由，我就相信妳。」

「理由？我想想……因為妳是我任職學校的學生？」

遙也不認為這樣能讓艾莉卡接受吧。證據就是語尾變成疑問句。

正如預料，艾莉卡給了遙一個白眼。感覺隨時會轉身背對遙。

「啊，等一下等一下！剛才那句也沒有騙妳喔。不過真正的理由是……」

遙並不是為了賣關子而停止說下去。

「真正的理由是？」

艾莉卡毫不留情地逼問難以啟齒的遙。

「……要是西城同學被帶走，我會被打工地點的上司罵。」

「打工？」

艾莉卡短短的這句話，是在同時詢問「在哪裡打工？」以及「學校職員可以打工嗎？」兩個問題。

「這就希望妳別問了……」

遙這句話也是同時回答這兩個問題。

「……好吧。拜託小野老師了。」

最後讓步的是艾莉卡。艾莉卡知道遙想利用她，但是衛兵當前，艾莉卡也需要協助。她不能就這樣拿著武器追雷歐，也無法認為事態簡單到能空手克服。武器是不可或缺的輔助。

遙露出鬆一口氣的表情，接過艾莉卡遞出的武裝演算裝置。

◇　◇　◇

雷歐進入演習森林已經走了約一公里，卻沒有停下腳步的意思。

維持勉強不會跟丟的距離追著他走的瓦布魯克姊妹，停下腳步隔著頭盔的護目鏡相視。

「沒有感應器的反應。艾瑪，妳那邊呢？」

琳達以魅影裝甲的反偵測功能，確認了這附近是感應器的死角，但要求艾瑪再次確認，以防萬一。

「這邊也沒反應。要出手了嗎？」

「說得也是，出手吧。不過要先勸說。」

「我知道。但我覺得沒意義就是了。」

琳達叮嚀之後，艾瑪聳肩說。

琳達也有同感，而且她也和艾瑪一樣希望開打。所以沒勸誡「妹妹」的態度。

「上吧。」

「嗯。」

艾瑪回應琳達這句出動信號，接著兩人就跑向了雷歐。

雷歐在沉入夜晚黑暗的森林裡，隨性一直往深處走，但聽到從背後接近的腳步聲後，就停下腳步轉身。

聲音輕盈到像是半浮在空中，但雷歐一開始就不認為可能是小動物跑過來。經常在野生動物地盤徘徊的他，聽得出這個腳步聲來自人類。

不知道對方是體重非常輕，還是用某種方式讓體重變輕。

如果是後者，接近的就是魔法師。

即使看起來像是冒失地亂走，雷歐也沒忘記自己可能遇襲。他的褲子當然是長褲，上衣也是長袖。左手戴著護手造型的ＣＡＤ，右手也套著保護拳頭的露指手套。

雷歐擺出架勢，以便對方從任何方向襲擊都能應對。

然而對方似乎沒有偷襲的意圖，腳步聲來到他附近就變慢，成為規律的步調。

右方樹後，以及左方樹後。

兩個人影出現在繼續前進會夾擊雷歐的位置。

「女的……？」

兩人穿的衣服乍看之下是類似騎士服的全身工作服，不過有加裝護具保護各要害部位，難以辨識身體線條，頭部也完全被頭盔包覆，完全看不出長什麼樣子。但雷歐從整體輪廓推測這兩人是女性。

兩人同時打開頭盔的護目鏡。露臉的面積比市售機車安全帽要來得廣，大概是著重於確保視野吧。

雷歐猜對了。護目鏡底下藏著年輕女性的臉龐。

雖說年輕，卻也比雷歐年長。看起來是二十到二十五歲。

兩人是白人女性，長得很像，而且臉蛋看起來莫名有點假——夜視能力優秀的雷歐看出這些資訊。

「西城雷歐赫特。」

雷歐右手邊的女性叫他的名字。「西城」的部分感覺講得不太習慣，「雷歐赫特」的發音就相當流利。

直到這時，雷歐都還搞不懂狀況。

「方便和我們一起走嗎？」

然而另一名女性說的這句話，使他察覺現在發生了什麼事。

「原來如此，是這麼一回事啊……妳們是羅瑟的人吧？」

「事到如今還問這個？睜眼說瞎話。」

艾瑪不耐煩地說。

「你不是知道我們在跟蹤，才引導我們進入沒人妨礙的地方嗎？」

琳達疑惑詢問。

瓦布魯克姊妹認為，無論目的是對話還是戰鬥，雷歐是知道她們在跟蹤，才引誘她們來到沒有感應器與監視器的這個地方。

不過這是她們高估了。雷歐沒這個意思。他只是隨性亂走，也是剛剛才察覺有人跟蹤。

「喔，嗯。算是吧。」

所以他這麼回答是顧及面子。

幸好瓦布魯克姊妹將雷歐的回答照單全收。

「話說回來，本來還以為你是普通的高中生，但你膽量挺不錯的。」

「不是普通的高中，是魔法科高中。所以，妳們究竟找我有什麼事？」

雷歐重振心情，重新詢問她們的來意。

「我說過要你一起走吧？」

艾瑪以強硬語氣回答。她態度強勢，和琳達成為對比。

「我想問的是妳們為什麼想帶我走。」

「這方面，恩斯特大人應該已經告知過了。」

琳達阻止艾瑪說下去，回答雷歐的問題。

「我想知道真相。」

「你知道之後就拒絕不了了喔。」

雷歐以挑釁語氣說完，艾瑪也以相同語氣回應。

「……我可以拒絕嗎？」

「……你很懂嘛。」

「艾瑪，等一下。」

琳達制止早早就想開打的艾瑪。

「告訴他今後他會變成什麼樣子吧。畢竟這是他的事情，我認為他有權利知道，而且知道的話，應該會比較認真抵抗。」

「是嗎？反倒會樂於跟我們走吧？」

艾瑪輕聲一笑，說出口是心非的反駁。她真正的想法也和琳達一樣，認為告知真相會讓雷歐做出更激烈的抵抗，也就是得以盡情展現她們的性能。

「如果能夠和平解決是最好的。」

琳達言不由衷地回答艾瑪，再度面向雷歐。

「西城雷歐赫特。你的基因有四分之一是在羅瑟魔工所的調整設施打造的，因此你的基因擁有權歸羅瑟魔工所所有。」

「喂喂喂，我可不是賽馬啊……所以？」

雷歐的語氣依然瞧不起人，表情卻變得嚴肅。

同時瞪向琳達與艾瑪的眼神，已經是身在戰場的眼神了。

琳達與艾瑪同時緩緩前進。

雷歐一步步後退，背靠粗壯樹幹停下。

瓦布魯克姊妹在可以左右包圍雷歐的位置停下腳步。

「身為最初期型的調整體卻沒自毀的唯一樣本。你的基因價值匪淺。」

「你的基因要用來輔助新型調整體的開發。」

艾瑪接續琳達的話語說。

雷歐維持對琳達的警戒，面向艾瑪。

「要做人體實驗？還是解剖？」

「呵呵呵，怎麼可能。」

艾瑪發出誇耀的笑聲。

「是更美好的事情喔。」

琳達再度開口。

雷歐無法將視線固定在她們其中一人身上。

「要讓你提供基因給新型調整體的母體。你知道嗎？最近我們國家有個說法正逐漸受到支持。比起人工受精，自然受精誕生的個體比較優秀。」

「簡單來說，你的工作就是和提供卵子的女性交配。真棒呢。想必她們都是美女喔。」

「妳們當我是種馬啊……！」

艾瑪的嘲弄使得雷歐盡顯厭惡。自制心警告他不能接受挑釁的這道聲音，被雷歐推到了內心角落。

「不滿嗎？放心，我們尊重你的意願。因為我們會以你的朋友作為你的第一個對象。」

「妳們……難道……」

「記得叫做千葉艾莉卡是吧？那位擁有本家血統的優秀魔法師。想必她會生下代表羅瑟調整體的新型喔。」

「開什麼玩笑！」

雷歐身體噴出失去控制的想子。

琳達與艾瑪關上頭盔的護目鏡因應。

「Streitkolben（槌矛）！」

雷歐大喊的下一瞬間，想子就聚集在他的右拳。魔法發動使得過剩的想子沒飛散到空中，而是厚厚包覆雷歐的拳頭。

雷歐毆打艾瑪。

艾瑪沒閃躲，以左手臂接雷歐這一拳。

演習森林響起如同鐵球撞上裝甲板的沉重金屬聲。

艾瑪身體被震飛。她使用裝甲機能將姿勢調整回來，沒有摔倒。

「是硬化魔法嗎？」

「有什麼好驚訝的？」

聽到背後上方傳來聲音，雷歐還沒思考就先滾倒在地面。

琳達的飛踢經過雷歐上方。

雷歐連忙起身，琳達在他前方從容著地。

她剛才應該也不是認真想要攻擊吧。不然就不會對雷歐說話了。

「我們是『城塞系列』第三型式，改良自你繼承血統的第一型式。我們會使用和你相同的魔法是當然的吧。」

剛才那一踢是琳達的問候。

「只不過，我們改良型比較優秀，我們現在就證明給你看！」

這次輪到艾瑪襲擊。

她的拳頭蘊含跟雷歐剛才一樣的魔法。沒有操作CAD的動作。她們裝備的魅影裝甲內藏完全思考操作型CAD。

「Panzer（甲冑）！」

雷歐的指令在千鈞一髮之際，將他的衣服化為鎧甲。

他以左肩承受艾瑪的右直拳。

不過，艾瑪的攻擊還沒結束。

她接連使出拳打腳踢。

完全思考操作型ＣＡＤ輔助發動的硬化魔法，使得她的每一拳每一腳堅硬如鋼。

反觀雷歐則是利用逐次施展的技術，讓硬化魔法持續更新，使衣服獲得鎧甲的硬度，擋下艾瑪的攻擊。

不過他反擊的拳頭沒有第一拳那麼硬。

雷歐的肉體發揮的性能反倒高於對手，但他的魔法演算領域光是持續發動單一魔法就沒有餘力了。

「艾瑪，要幫忙嗎？」

聽到琳達這麼說，艾瑪暫時和雷歐拉開一大段距離。

「我承認他的性能超乎預料，但琳達妳別出手。我一個人就夠了。」

「知道了。我就避免出手吧。」

就算敵方其中一人說「不出手」，雷歐也沒單純到完全相信這番話。不過事實上琳達這麼說完，他的注意力也確實集中到了艾瑪這邊。

雷歐因而被趁虛而入。

琳達的身體沉入他的視野下方。

膝蓋的高度，勉強不會絆到樹根或土裡岩石的高度。琳達的腿以這個高度掃向雷歐。

雷歐跳起來躲開這一踢。

他還沒回到地面，艾瑪的飛踢就命中他的腹部。

雷歐被踢得撞上樹幹，並在摔落到根部的同時主動在地面翻滾。

他在千鈞一髮之際成功躲開琳達的後腳跟攻擊。

然而在起身的時候，雷歐再度挨了艾瑪一腳。這次是迴旋踢。

雷歐一邊踉蹌一邊勉強站穩，擺出防守動作。

好不容易擋下艾瑪靠過來揮出的兩拳。

但他的姿勢擋不到琳達從側邊砍過來的手刀。

就在這個時候——

銀光一閃。

琳達收回手刀後退。

一陣風繼銀光之後吹起。

「雷歐，你還活著嗎？」

艾莉卡以無懼一切的語氣詢問。

「妳看就知道了吧？」

雷歐以同樣無懼一切的語氣回答。

◇◇◇

在演習森林入口和遙分別的艾莉卡將武器變形為短刀，沿著雷歐的腳步追過去。

她的知覺掌握到三人的氣息。

是雷歐，以及接近他的兩名追蹤者。

想子光在艾莉卡眼中是發光的白色人影。

靠著想子光掌握敵人位置與周圍狀況的技術，原本就包含在艾莉卡學習的劍術體系內。「山怒濤」是以人類知覺反應速度的極限揮劍，只靠視覺與聽覺不足以將這招用得爐火純青。

然而艾莉卡直到去年都沒有熱衷修行這項技術。比起磨練知覺來認知模糊的「陰」，磨練揮劍的技術比較重要。她以一個劍士的角度如此認為。

後來寄生物出現在第一高中，而艾莉卡和寄生物交戰的經驗，成為她改變想法的契機。寄生物擁有肉體的時候，她可以戰鬥。

然而，面對拋棄肉體的寄生物時，她成為累贅。

她在那場戰鬥結束之後有這種感覺。現在也這麼認為。

我沒有美月那種特別的「眼」。

也沒有達也那種特別的「眼」。

但這不構成藉口。

艾莉卡如此斥責自己。

在那場戰鬥之後，她專心修習認知想子光的技術。

艾莉卡在這項技術也展現過人天賦。她原本就比常人擅長解讀氣息。由於這種劍士的知覺和魔法師的知覺融合，她在短時間內學會了以想子光捕捉「陰」與「影」的「形」。和寄生物進行最終決戰的夜晚，她能在沒有照明的森林裡自在戰鬥，就是多虧了這個特訓。

和寄生物的戰鬥做個了結之後，艾莉卡也繼續磨練以想子光代替物理光線的技術。現在的她只要縮小「視野」，就可以識別約八百公尺遠的想子光輪廓。

她不像美月看得見靈子光。

不像達也能夠看透該處的詳細狀況。

艾莉卡看見的「景色」近似剪影圖。

然而這樣就足以發現敵人，不會追丟敵人。

她確實地追著雷歐與追蹤者前進。

進入演習森林過了快一公里的時候，艾莉卡感覺到鬥氣突然膨脹，並且劇烈碰撞。

如同巨大鎚子打中厚重鐵板的沉重金屬聲傳入她的耳朵。

艾莉卡不再隱藏自己的氣息，趕往戰場。

如今，艾莉卡介入了雷歐與瓦布魯克姊妹的戰鬥。

她以短刀刀尖指向琳達．瓦布魯克牽制對方，同時以無懼一切的語氣詢問。

「雷歐，你還活著嗎？」

「妳看就知道了吧？」

確認雷歐的鬥志還沒用盡後，艾莉卡揚起嘴角。

◇　◇　◇

出乎意料的妨礙，使得琳達與艾瑪停止攻擊。

兩人難以決定自己該如何應對。艾莉卡以愉快的語氣對她們說話。

「不介意我臨時參加吧？畢竟妳們也是兩個人。」

「千葉艾莉卡……」

「嗯？喔，既然是羅瑟的人，那認識我也不奇怪。」

琳達像是自言自語又像是盤問的低語，艾莉卡同樣以自言自語般的話語回答。

大概是遭受偷襲的驚嚇終於平復了，藏在護目鏡底下的琳達雙眼回復戰意。

「但我沒獲准傷害妳。」

「不用擔心，我不會請求醫藥費。再說，應該也沒那個必要。」

妳們的攻擊打不中我。

琳達與艾瑪都正確理解到艾莉卡話中隱藏的這個意思。

「琳達，動手吧。能抓到千葉艾莉卡，想必正合恩斯特大人的意。」

「恩斯特大人希望和她建立友好關係。」

「如果要建立友好關係，不可能答應讓她成為母體吧？」

「……說得也是。動手吧。」

琳達剛回答完就攻擊艾莉卡，艾瑪則是攻擊雷歐。

攻擊艾莉卡的是琳達。

不，正確來說，琳達原本要攻擊艾莉卡。

但她正要往前踏的時候，艾莉卡揮出的刀已經進逼她的脖子。

琳達連忙舉起手臂擋刀。魅影裝甲本身的防割功能與硬化魔法的效果，保護琳達的軀體不被砍傷。

然而，從擋下刀的手臂傳來的觸感，令琳達覺得不對勁。

下一瞬間，突兀感變成危機感。

觸感過輕。證明這一刀大半只是虛晃一招。

不知道艾莉卡是一開始就有這個打算還是知道這刀會被擋住，才放鬆力道準備下一招。

琳達沒餘力思考這個問題。

強烈的衝擊襲擊側腹。被砍了。不對，是被打了。

琳達忍痛往前方一撲。

艾莉卡從後方砍她脖子的這一刀，只以刀尖稍微擦過裝甲而終。

琳達立刻起身，想要使用飛行魔法拉開距離。

但魅影裝甲內建的重力控制魔法演算裝置開始運作的時候，艾莉卡已經接近到短刀砍得中的距離了。

琳達垂直往上跳。不是為了逃走，是為了反擊。

她只跳到和自己身高等高的位置，雙腿踢向艾莉卡頭部。

跳躍的預備動作以魔法代替，令這一踢比普通跳踢快了一拍。

艾莉卡輕易躲開這記奇襲。

不只是躲開，短刀還砍向琳達的右小腿腹。

琳達為了增加這一踢的威力，有在靴子賦予硬化魔法。但其他部位並不在硬化魔法的效果範圍內。

她忍痛將失衡的姿勢調整回來，以飛行魔法降落在樹上。

琳達按著側腹，把抬高的右腳放下踩在樹枝上。幸好兩處的骨頭都沒異狀。看來是多虧對手的武器是輕量型。

艾莉卡仰望琳達所站的樹枝，露出嘲笑。

「真耐打的裝甲。不過看來如果沒使用魔法，就無法完全吸收衝擊呢。」

以話語進行心理戰。

琳達拚命平復內心，重新擺出架勢。

剛才那番話是用來打擊心理製造可趁之機，卻並非毫無意義。

沒使用硬化魔法，就會因為無法完全吸收衝擊而受創。

反過來說，敵人也無法打穿硬化魔法，以造成傷害。

琳達把硬化魔法覆蓋到整套魅影裝甲，朝艾莉卡跳下去。

面對艾瑪的雷歐被迫單方面採取守勢。

並不是完全無機可乘。

依照實際交戰的感覺，雷歐認為自己的格鬥技術優於對手。

只是無法傷害到對手。

雖然雷歐和艾瑪同為「城塞系列」，但是考量到出生的狀況，兩者之間就有很大差異。艾瑪誕生自預先改造為調整體的受精卵，雷歐則只是有個調整體的爺爺，基因有四分之三是天然的（如果這是妥當的形容方式）。不過他們的魔法師類型完全相同。

明顯適合使用硬化魔法，且具備優秀的身體能力。

在硬化魔法這方面不分上下，硬化魔法以外的魔法力是艾瑪略優，身體能力是雷歐略勝一籌。兩人只有這種程度的差異。

所以如果以不分上下的條件戰鬥，照理說不會演變成這種一面倒的戰況。

雷歐苦戰的原因在於裝備的差距，主要是ＣＡＤ的性能差距。

啟動式的展開速度端看ＣＡＤ的硬體性能。而且雷歐使用的是語音指令輸入型，相對的，艾瑪使用的ＣＡＤ是完全思考操作型。艾瑪展開啟動式的速度遙遙領先。換句話說，兩人切換魔法的速度有明顯差距。

局部硬化拳腳的攻擊術式，以及硬化大半條手臂跟全身衣物的防禦術式。

兩人同時意圖攻擊時，先拿起武器的是艾瑪。

雷歐即使想攻擊，艾瑪也會先完成盾與鎧甲。

雷歐現下是透過持續更新全身防禦的魔法「Panzer」，勉強擋下對方的打擊。

要打破戰鬥僵局，必須使用攻防合一的術式。

雷歐擁有這種魔法。

然而世上沒有適合應付所有狀況的萬用道具，魔法也不例外。適合攻擊也適合防禦的魔法，會具備其他的嚴重弱點。

不過——雷歐心想。

看來沒餘力繼續猶豫了。

艾莉卡以壓倒性的速度，持續躲開琳達的攻擊。

但她也不是老神在在。

琳達全身包覆著軍用特殊裝甲，還以硬化魔法提升防禦力。

相對的，艾莉卡沒穿任何護具。

琳達發動全身防禦的硬化魔法之後，艾莉卡的短刀沒能對她造成任何傷害。

打擊。

相對的，琳達只要打中任何一拳，即使並不是結實打中，也有可能成為打倒艾莉卡的決定性打擊。

這是雙方內心的共識。

但對此感到焦急的是琳達。

（為什麼可以動得那麼快？）

即使以飛行魔法輔助機動力，也完全追不上自由自在穿梭各處的艾莉卡。

琳達目前沒受傷。但持續被對方打帶跑的攻擊命中，也無法避免精神上的損耗。

她不只是單方面受到攻擊。艾莉卡的動作看在琳達眼裡，是令人無法理解的動作，這也成為一股猶如絆著腳般的壓力。

（在這種黑暗中，那個丫頭為什麼可以動得比我快？）

琳達不懂這一點。無法理解。

（明明沒有夜視裝置或行動聲納，可她在這種黑暗中，這種充滿障礙物的森林裡，為什麼動作毫無猶豫！）

不同於身穿萬全裝備的瓦布魯克姊妹，艾莉卡除了手上的武器，幾乎只穿便服。

（這個丫頭沒有恐懼心嗎？）

然而艾莉卡毫不猶豫，她比琳達還要果斷，而且確實地迴避樹幹、跨越樹根，也沒被草叢絆住腳，在這個區域四處穿梭。

（再這樣下去，我的體力會用盡。）

這就是琳達焦急的原因。

說到底，為什麼琳達與艾瑪都沒有從一開始就使用全身防禦的魔法？

這是因為一個常駐型魔法的共通缺點，持續時間有限。

飛行魔法的魔法式寫得那麼小，不只是為了因應和其他魔法並用的需求，也是為了延長持續使用的時間。

在現代的魔法技術下，魔法師發動單一魔法時，想子存量幾乎不會造成問題。然而現代魔法基本上是在瞬間或短時間內完結。要維持長時間的效果就得反覆重新發動魔法，而每次發動都會確實消耗想子。

效果愈強，也就是改寫現實程度愈高的魔法，需要寫入魔法式的情報也愈多，想子消耗量也會隨之增加。而且一般來說，比起效果範圍廣——也就是空間層面上的大規模魔法，效果時間久——也就是時間層面上的大規模魔法，想子的消耗量比較大。

世界常時在試圖修正魔法改寫的事象。修正力會隨著時間經過而增強。若要長時間維持相同魔法，隨著時間經過所消耗的想子量不是以等差級數，是以等比級數增加。

飛行魔法在魔法改寫事象結束的同時，會重新發動相同的魔法，藉以迴避這個問題。

雷歐慣於持續使用「Panzer」，因此學會了減輕負擔的訣竅。雖然看起來像是魔法一直持續發動，但其實有時候並沒有更新魔法，而是中斷。

然而，瓦布魯克姊妹至今並沒有長時間持續使用相同魔法的經驗。她們沒遇過需要這麼做的狀況。

她們處於總是提供最先進CAD的環境，所以啟動式輸出速度未曾出現障礙。如果只限硬化魔法來說，等同於她們未曾因為魔法發動速度而陷入不利局面。

或許可以說是必然吧。瓦布魯克姊妹的戰法是因應狀況迅速發動魔法。因為CAD比較優秀，還專精特定魔法犧牲了魔法多樣性，並藉此獲得發動速度上的優勢的她們，沒有持續遭受單方面攻擊的經驗。她們根本沒預設會有這樣的情況。

琳達已經自覺到想子枯竭的徵兆。要繼續維持全身防禦的魔法有困難。

（——沒問題。我穿著魅影裝甲，那把刀無法對我造成決定性的傷害。）

艾莉卡的短刀劃不開魅影裝甲，這是已經證實的事。從最初的攻防中，也得知打擊不會造成骨折。

琳達解除全身防禦魔法「Panzer」，發動局部硬化魔法「Streitkolben」，決定轉守為攻。

既然自己的攻擊捕捉不到對方，那以反擊出招就好。

她背靠一棵特別粗壯的樹，停下腳步。

面對艾瑪拳打腳踢的連續招式，雷歐以手臂與肩膀格擋，使出下段踢。目標是艾瑪的軸心腳。這不是為了造成傷害，目的是趁她還沒收回腿的時候掃向軸心腳，讓她跌倒。

下段踢命中的觸感，硬得像是踢中金屬球棒。不過艾瑪似乎沒有讓體重增加，身體轉了四分之一圈，浮在半空中。

一般來說——如果沒用魔法，艾瑪應該會直接落地受到重創，但她的身體就這麼違抗重力上升，在空中轉一圈後降落在地面。

她不是單純上升，還順著類似拋物線的軌道水平移動約五公尺。這個距離以艾瑪的力量無法一鼓作氣拉近到攻擊間距內。

雷歐在這裡找到打出王牌的時機。

「Siegfried！」

雷歐高喊語音指令。雷歐的手臂從護手造型ＣＡＤ吸入啟動式，接著雷歐變得全身都帶著想子光。改寫事象的力量——魔法作用在雷歐的肉體上。

艾瑪大概是知道這個魔法，透露著慌張氣息攻向雷歐。

艾瑪右手手指併攏往前刺。是硬化魔法「Speer（槍）」。指尖貫穿雷歐的衣服。然而套著戰鬥裝甲手套的指尖別說刺穿雷歐的皮膚，甚至無法造成凹陷。

雷歐以左肩接住艾瑪的四指突刺，將她的右手臂往上頂。

再朝著門戶大開的部位揮出左勾拳。

雷歐的左拳用力打在艾瑪的頭盔上。

雷歐ＣＡＤ加裝的護具始終只是配件。雖然材質本身很堅固，卻幾乎沒有緩衝功能。

然而雷歐的拳頭沒受損，反倒是艾瑪頭盔上的護目鏡出現裂痕。

艾瑪整個人被打得往後飛。

連忙起身的艾瑪打開護目鏡，大概是因為裂痕導致視野惡化吧。

她的雙眼充滿驚訝，卻不是「難以置信」或「不知道發生什麼事」的表情。

艾瑪驚愕的是雷歐發動的「Siegfried」的性能。

金剛不壞魔法「Siegfried」。將己身肉體「硬化」的魔法。

硬化魔法不是將物體變硬的魔法，是將物體組成元件的相對位置維持在狹小範圍的魔法。

比方說「Panzer」是將身上物品結構分子的相對位置固定在魔法發動那一刻的位置。對衣服使用「Panzer」的時候，織成布料的每一條絲線無論是間隔還是彎曲的狀態都受到固定，因此刺不穿也割不破，用打的或擠壓的都不會變形。但要是連關節部位都同樣被固定住，自己就會無法行動，所以必須預先在啟動式保留可動部位。

相對的，「Siegfried」的效果是「組成肉體的分子相對位置不接受外部變更」。這不是將分子相對位置固定在魔法發動的那一刻，而是隨時固定在「身體所決定的這一瞬間」的相對位置。伸縮的皮膚與肌肉、彎曲的骨骼關節不會額外變形或變質，這就是這個魔法的效果。

這個魔法會製造力場抵銷外部對肉體的刺激，取消外在力量造成的變化。不只是突刺、切割、打擊、壓迫造成的損傷，這個魔法連酸鹼造成的變質也不接受。只要不是穿透了皮膚跟肌肉組織，甚至也不會受到熱能或電磁波的影響。這就是金剛不壞魔法「Siegfried」。

絕對不會變形的拳頭以絕對的硬度，對戰鬥裝甲的頭盔造成損傷。

雷歐猛然突擊。

他不給艾瑪使用飛行魔法逃走的機會就衝進攻擊間距，無視於對方的攻擊，揮出拳頭。

艾瑪臉部抽搐。

和正在發動「Siegfried」的雷歐進行毫無防守的互毆，不利的是艾瑪自己。

但比這種理性判斷更重要的是，光這種拋棄技術的原始鬥毆就令艾瑪陷入了恐懼。

艾瑪用雙手保護臉部。

她這麼做應該不能只以「因為是女性」這個理由帶過，但應該也不是完全無關。

即使如此，她也沒陷入恐慌，以全身防禦魔法「Panzer」鞏固防守。

雷歐具備絕對硬度的拳頭打向硬化的裝甲。

毆打。

毆打。

連續毆打。

鐵拳……不對，是金剛拳排山倒海而來。

艾瑪的身體如同斷線傀儡般癱倒。

雷歐謹慎維持戰鬥架勢，俯視倒臥的她。

艾瑪沒有要再度起身的跡象。

雷歐確定這一點之後，便直接無力癱坐在地。

琳達背靠掩體，擺出迎擊的架勢。

艾莉卡見狀，便在琳達正前方停下腳步。雙方間隔約九公尺。勉強不被樹木妨礙，可以直線進攻的距離。

要正面對決是嗎？琳達心想。這樣正如她所願。

琳達感覺自己像是即將進行騎槍競技的騎士，等待艾莉卡攻擊。

挨一刀是在所難免。相對的，要給予對方確實的打擊。

琳達如此下定決心。

下一瞬間，艾莉卡的身影消失了。

琳達雙眼追不上艾莉卡的動作。

艾莉卡正確猜到琳達企圖反擊。

架勢那麼明顯，不是艾莉卡也看得出來。甚至令人懷疑暗藏陷阱。

琳達選擇的戰術正如艾莉卡所願。

正在消耗的不只是琳達。

對方挨多少刀都可以繼續戰鬥，但自己中一招就完了。這份壓力對艾莉卡來說很沉重。

氣力會比魔法力先用盡。這是艾莉卡害怕的結果。

說來正好，如今對方沒有閃躲的意思。也不是能夠閃躲的架勢。

（如果至少有帶蛟丸過來的話就好了……）

艾莉卡的武器不是大蛇丸，也不是蛟丸，是內建常規特化型ＣＡＤ的武裝演算裝置。真要說不安的話，確實不安。

（不過……奢求沒有的東西也無濟於事，總會有辦法的吧。）

（不，我會把辦法想出來！）

艾莉卡對自己發動慣性控制魔法。

接著踏出腳步。

她鍛鍊至今的步法，帶著她的身體以眼睛看不見的速度向前。

她以己身力量使出「山怒濤」。

然後踏向敵方左側。

水平揮出短刀。

將慣性控制反轉。

相較於真正的「山怒濤」，慣性增幅效果沒那麼好。

透過慣性中和提升初速的這一刀，在增加虛假的慣性質量之後維持速度砍下去——然而這已經超過魅影裝甲吸震功能的極限。

沒有砍開。

但是武器深深陷入對方腹部。這份觸感傳入艾莉卡的手中。

艾莉卡收回握刀的右手，面向琳達做出收招動作。

琳達抱著肚子彎下腰，就這麼向前跪倒。

◇◇◇

艾莉卡站在原地氣喘吁吁了好一陣子。

雖然結果是大獲全勝，但是和琳達·瓦布魯克的這場對決其實相當驚險。

因為致勝招式「山怒濤」原本應該以專用ＣＡＤ輔助的部分，艾莉卡也得自行計算組合。要是慣性中和切換到慣性強化的時間點稍微失準，大概就無法對敵人造成打擊，或是因為自己妨礙到自己的攻擊而允許對方反擊。

確認鎮壓敵人之後難免會鬆懈。

而這也沒有造成實際的損失。

艾莉卡在終於穩定呼吸之後走到雷歐身旁。他依然癱坐在地上。

「雷歐，還好嗎？」

雷歐無精打采地抬起頭。

「嗯，沒受傷。」

只有語氣威風，但很明顯聽得出他在逞強。

「只是啊……」

「怎麼了？」

雷歐虛弱到令艾莉卡真的有點擔心。

「……餓了。」

艾莉卡沒能立刻理解這句話的意思。

「……啊？」

「沒有啦，所以說……我餓了。」

「你是怎樣？在胡鬧是嗎？」

「不，真的。我用了那個魔法就會超餓。」

「用完魔法會餓？」

從來沒聽過這種魔法。至少艾莉卡是第一次聽到。

不過，雷歐看起來確實不像在開玩笑。他一臉隨時要餓死的表情。

「Siegfried」甚至能阻絕熱能。但這只限於外部傳導的熱，不會阻絕身體釋放的熱。從熱交換的觀點來看，正在發動「Siegfried」的魔法師，等同於曝露在寒冬時期的極地寒氣下。發動這個魔法的時候，術士的細胞會全力生產能量維持體溫，就某方面來說，會用盡體內儲存的養分也是理所當然。

「等我一下！」

艾莉卡連忙想找點食物過來，但她剛要走向飯店，就停下了腳步。

第一個原因是艾莉卡與雷歐各自打倒的敵人不能扔在這裡。

第二個原因是她聽到大約十人的腳步聲接近過來。

雖然艾莉卡不會知道，但琳達與艾瑪都被打倒之後，魅影裝甲的感應器妨礙功能就停止運作了，所以基地的警衛隊正在趕過來。

「不准動！」

突然被吼又被槍口瞄準，艾莉卡一臉不高興地轉身看向聲音出處。

這裡是國防軍基地內部，艾莉卡他們是非法入侵者，所以當然會這樣應對。但是艾莉卡不想很有教養地按照常識或良知行事。

「來得正好。你這傢伙記得我是誰吧？」

被艾莉卡以傲慢語氣搭話的青年軍官有一瞬間疑惑蹙眉，接著他「啊」地驚呼，同時露出驚訝與慌張的表情。

「艾莉卡大小姐……您怎麼在這種地方？」

「很好，看來你沒忘記。」

艾莉卡滿意地點點頭之後，露出更高姿態的表情。

「同校同學被可疑人物襲擊，所以我來幫忙。居然任憑這種傢伙闖入，你們的警備究竟是怎麼回事啊？」

艾莉卡裝模作樣地看向琳達與艾瑪，然後抬頭以視線射穿前門徒的雙眼。

被艾莉卡目光震懾的青年少尉勉強擠出「對不起！」這句不當的回應。

其實艾莉卡也是非法入侵者，但在警備隊員察覺這一點之前，她就刻意擺出趾高氣昂的態度，對曾經是門徒的青年軍官下令。

「總之，帶這兩個入侵者回去。那套裝甲好像有特殊功能，要小心。」

「知道了。喂！」

身為警衛隊長的青年下令之後，在身後待命的士兵開始綑綁琳達與艾瑪。

「然後我剛才也提到，這傢伙是我的同學，不過和入侵者交戰之後消耗掉不少體力，所以照顧他一下。給他吃點有營養的東西應該就沒事了。」

綁好瓦布魯克姊妹的隊員以無線電叫人拿擔架來。艾莉卡聽完之後便以一副「已經沒事了」的樣子，沿著原路走回去。

「啊，艾莉卡大小姐。」

「幹嘛？」

艾莉卡的語氣不太高興，而且不盡是裝出來的。

「那個，想說能不能也請大小姐說明一下狀況……」

「問那邊那個男的吧。我只是來幫忙的。」

「可是，您的武裝演算裝置……」

艾莉卡不耐煩地將短刀回復為棍棒型態，扔給前門徒。

青年少尉接不住這把武裝演算裝置，差點變得像在耍雜技，好不容易才抓穩。

「這樣就行了吧？」

「不，那個……」

「這樣就行了吧？」

「……是的。」

大概是在道場修行的時候受過嚴格訓練的記憶使然，艾莉卡光是一瞪，警衛隊隊長就垂頭喪氣地讓步了。

◇　◇　◇

返抵飯店的艾莉卡走向恩斯特的房間。

她拿一把跟剛才的可變型短刀武裝演算裝置同時帶著的警棍造型ＣＡＤ打倒隨扈，硬是逼隨扈開門。

「我應該沒約好跟妳見面啊。」

室內的隨扈正要攻擊艾莉卡時，恩斯特出面制止，舉起雙手這麼問她。

「你的部隊襲擊雷歐，所以我來抗議。當事人現在累倒了，正在接受基地人員的照顧。」

恩斯特就這麼舉著雙手微微蹙眉。

不知道是在關心雷歐的狀況，或是擔心瓦布魯克姊妹的安危，還是在感嘆得花費精力掩蓋事件呢。

艾莉卡不知道他真正的想法，而且也不在乎。

「那妳要我怎麼做？」

如今對她來說只有一件事重要，就是和恩斯特做個了斷。

「喔，你不裝傻啊？」

「妳不打算聽我解釋吧？那麼討論實際的因果也只是浪費時間。」

「哼，無謂的問答確實浪費時間。」

艾莉卡揮出警棍。

想子的劍風吹向恩斯特，令他左胸出現啟動式損毀時會看見的想子雜訊。

恩斯特踉蹌後退，連忙用放下的手支撐身體。

「是叫作『完全思考操作型ＣＡＤ』的那個東西嗎？不愧是日本分公司社長，身上帶著最新裝備呢。」

羅瑟在今年一月宣布正式生產上市的完全思考操作型ＣＡＤ。雖然是日本尚未發售的最新款式，但艾莉卡已經確實調查過，以免被裝備這種ＣＡＤ的敵人偷襲。

「妳用無系統魔法破壞啟動式嗎……」

「只是讓想子順著劍招射出去罷了。不過對剛才的女人不管用。是機種不同嗎？」

「魔法戰鬥用的裝甲要是會被敵人的想子波妨礙功能，就派不上用場了。」

艾莉卡這番話有一半是自言自語，但恩斯特規矩回答。

然後他再度舉起雙手。

「我這次真的投降了。我不會再違反你們的意願拉攏你們。」

艾莉卡在注視他的臉好一陣子之後輕輕嘆氣，視線變得柔和。

「我深深希望你真的不會再來了。」

艾莉卡轉過身去。

「啊，可以等一下嗎？」

「……幹嘛？」

艾莉卡掛著厭惡表情轉身。

「接下來這個提議，始終是交由妳的意願決定……小姐，願意成為羅瑟家的養女嗎？我來擔任妳的監護人吧。」

艾莉卡心感不適地看向不知為何連語氣都變了的恩斯特。

「突然講這個是想怎樣？」

「妳的天賦在羅瑟一族裡也是相當出色。埋沒在這個國家太可惜了。」
「很抱歉，我可不認為自己被埋沒，而且打死我都不想成為羅瑟家的人。」
艾莉卡對恩斯特的提議嗤之以鼻，踩著輕快的腳步離開房間。

◇　◇　◇

八月結束，第一高中的第二學期也開始了。
開學當天，來到二年F班教室上學的雷歐椅子還沒坐熱，就被艾莉卡逮住，並帶到中央階梯的轉角處。中央階梯基本上只有職員使用，所以這個時段無人經過，很適合用來密談。
「雷歐，羅瑟那邊有沒有寄怪信給你？」
艾莉卡毫無開場白，劈頭就說明用意。
「啊，喔。有喔。」
雷歐沒空做好心理準備，難免慌了一下。
「你當然拒絕了吧？」
「呃，嗯。那當然。」
「……你為什麼這麼慌張？」

雷歐不是在慌張。他原本很緊張地以為艾莉卡要問信的內容，艾莉卡卻問不同的問題，所以他舌頭打結了。

「不，沒什麼啦。」

艾莉卡以質疑的眼神看向雷歐。

雷歐全力故做鎮靜。不能讓她知道那封信的內容。因為恩斯特．羅瑟寄來的信件內容是詢問「要不要和艾莉卡結婚，成為羅瑟家的女婿呢」。

要是艾莉卡得知這件事，不知道會如何暴力相向。

雷歐斷然拒絕羅瑟「艾莉卡可以任你處置」的誘惑。他用拳頭表達拒絕的意志。

無論羅瑟寄多麼「瘋狂」的信件過來，雷歐也不用負任何責任。

但雷歐感覺如果艾莉卡得知這件事，這種道理就不管用了。

「是喔……」

幸好艾莉卡沒有繼續追究。

「我也收到怪信，想說你可能也收到了。果然沒錯。」

雷歐差點想問她信件內容，又連忙閉上嘴。要是聊起這個話題，雷歐也得說出自己收到的信件內容。

「總之，無論條件開得多好，也絕對不能答應喔。因為不知道他們心底在想什麼。」

「啊，嗯。我好歹也明白這種事。」

看來艾莉卡只是要問這件事。

在雷歐如此心想而鬆懈下來的下一瞬間……

「這麼說來，上次羅瑟那邊的女人講了奇怪的事情。說什麼要把我當成『母體』之類的。你知道是什麼意思嗎？聽她的語氣好像是在對你說明吧？」

雷歐背上冒出冷汗。

而且是冒個不停。

不能貿然開口。敷衍帶過的話會被追問。

該怎麼回答？

雷歐拚命地、努力地思考。即使在段考跟入學考，他也不曾這麼認真思考過。

（ＥＮＤＥ）

後記

《魔法科高中的劣等生》第二本短篇集，各位看得還愉快嗎？這次的時間點稍微從正傳往回拉，為各位獻上了和第十三集〈越野障礙篇〉同一時期的短篇。和第十三集一起閱讀，或許可以獲得更多樂趣……抱歉從第十三集到現在讓各位等了兩年。

〈龍神的俘虜〉、〈Shotgun！〉、〈我自己就做得到了〉以及〈搶眼大作戰〉收錄的是在雜誌《電擊文庫MAGAZINE》發表的作品。〈玫瑰的誘惑〉是全新撰寫的作品。接下來我想針對各個短篇，稍微回顧內容以外的部分。

〈龍神的俘虜〉是在《電擊文庫MAGAZINE》二〇一五年一月號發表的作品。二〇一五年一月號也刊登了在橫濱國際和平會議場所舉辦的活動報告。我的作品應該是第一次，也是最後一次有榮幸舉辦那麼盛大的活動吧……重新回顧一下，還真的是感觸良多。

這部短篇是描寫曾經在〈九校戰篇〉提及的幹比古往事。從電擊文庫的出版日期來看，也是相隔三年才回收的外傳。我從撰寫〈九校戰篇〉的時候就在找時機發表，卻遲遲沒這個機會。如果沒在《電擊文庫MAGAZINE》獲得短篇連載的篇幅，或許會一直塵封下去吧。

〈Shotgun！〉以及〈我自己就做得到了〉是在《電擊文庫MAGAZINE》二〇一五年三月號發表的。這兩篇是關於二〇九六年度九校戰檯面上的短篇，用以補足〈越野障礙篇〉鮮少描寫到的九校戰競賽狀況。

寫〈Shotgun！〉時我有特別意識到這是外傳，所以讓正傳主要角色以外的人物擔綱主角。尤其「小久」是為這部短篇特別製作的角色，大概是因為這樣，性格設定遲遲沒能定案。

而在這一篇的反作用力下，〈我自己就做得到了〉則以正傳班底擔任主角。就這方面而言，〈Shotgun！〉以及〈我自己就做得到了〉或許可說是相互搭配的短篇。刊頭彩頁也是左右相反的成對構圖。

〈搶眼大作戰〉是在《電擊文庫MAGAZINE》二〇一五年五月號刊登的短篇，由黑羽亞夜子、文彌擔任主角。而二〇一五年五月號也刊登了第十六集〈四葉繼承篇〉的預告篇（應該說近似預告篇的內容）。

我從第八集〈追憶篇〉當時讓黑羽家姊弟登場時，就打算找時間寫以他們為主角的劇情。希望有機會的話能繼續為各位獻上亞夜子&文彌或是艾莉卡&雷歐的短篇。

後記

〈玫瑰的誘惑〉是全新撰寫的短篇。原本是因為想以艾莉卡與雷歐為主角寫一部外傳，而開始構思的劇情。如果沒有和〈越野障礙篇〉相關的另外四部短篇，我或許會找責編商量，請他讓我寫這樣的外傳系列。

雷歐在這部短篇使用的魔法，最早是在電擊文庫沒發表的外傳中出現的。「使用魔法會餓」的這個設定我挺喜歡的……但我認為應該不是只有我才有的獨特創意吧。

這部還沒發表的作品，我也希望將來在修改潤飾之後獻給各位。

由衷感謝各位這次也陪同我走到這裡。下一集第二十集將回到原本的時間軸，並為各位獻上稍微脫離主線的劇情。我個人希望能讓至今沒什麼存在感的現任高年級組大顯身手。

然後預定從第二十一集開始，《魔法科高中的劣等生》也終於要朝著完結邁向新局面。也請各位讀者務必陪同我走到最後了。

（佐島 勤）

Kadokawa Light Novels

刀劍神域外傳GGO特攻強襲 1~2 待續

Kadokawa Fantastic Novels

作者：時雨沢恵一　插畫：黑星紅白

創造《奇諾の旅》的搭檔所呈現的
另一個「SAO」故事，第二彈登場!!

「GGO」的所有玩家忽然接到舉行第二屆Squad Jam的通知。第一屆大會優勝者蓮也接到了通知——但卻沒有什麼參加的意願。此時，香蓮從一名偷偷逼近香蓮的男跟蹤狂嘴裡聽到這樣的話：

「舉行第二屆Squad Jam的當天晚上會有人死亡。」……

台灣角川

各 NT$250~280/HK$75~85

國家圖書館出版品預行編目(CIP)資料

魔法科高中的劣等生SS / 佐島勤作 ; 哈泥蛙譯.
-- 初版. -- 臺北市 : 臺灣角川, 2017.03
面 ; 公分
譯自 : 魔法科高校の劣等生SS
ISBN 978-986-473-562-4(平裝)

861.57 106000995

Kadokawa
Fantastic
Novels

魔法科高中的劣等生SS

（原著名：魔法科高校の劣等生SS）

2017年3月27日 初版第1刷發行

作者：佐島 勤
插畫：石田可奈
日版設計：BEE-PEE
譯者：哈泥蛙
發行人：成田聖
總編輯：蔡佩芬
主編：吳欣怡
文字編輯：楊國威
資深設計指導：黃珮君
美術設計：黃永漢
印務：李明修（主任）、張加恩、黎宇凡、潘尚琪
發行所：台灣角川股份有限公司
地址：105台北市光復北路11巷44號5樓
電話：（02）2747-2433
傳真：（02）2747-2558
網址：http://www.kadokawa.com.tw
劃撥帳戶：台灣角川股份有限公司
劃撥帳號：19487412
法律顧問：寰瀛法律事務所
製版：寶華數位有限公司
ISBN：978-986-473-562-4
香港代理：香港角川有限公司
地址：香港新界葵涌興芳路223號
新都會廣場第2座17樓 1701-02A室
電話：（852）3653-2888